FREUD E SUA LONGA VIAGEM MORTE ADENTRO

Lúcio Roberto Marzagão

FREUD E SUA LONGA VIAGEM MORTE ADENTRO

1ª Edição
POD

Petrópolis
KBR
2012

Edição de texto **Noga Sklar**
Revisão da edição original: **Rachel Kopit Cunha**
Capa **KBR sobre desenho de Salvador Dali**
Imagens do miolo **Arquivo Google**

ISBN: 978-85-8180-026-4

KBR Editora Digital Ltda.
www.kbrdigital.com.br
atendimento@kbrdigital.com.br
55|24|2222.3491

150 - Psicologia

Lúcio Roberto Marzagão é Mestre em Filosofia pela UFMG, professor adjunto na mesma universidade por 30 anos. Atualmente ministra aulas no Curso de Especialização em Teoria Psicanalítica da UFMG, Pós-Graduação Lato Sensu. Seus outros livros publicados incluem *Psicanálise e Pragmática*, em 1966, e *Psicanálise e Literatura*, em segunda edição também pela KBR.

Email: lmarzagao@glasstower.com.br

Preparai-vos resignadamente para a morte; a morte e a vida serão mais doces para vós. Raciocinai assim com a vida: Se te perco, perco uma coisa que somente os loucos querem conservar. Não passas de um sopro, exposto a todas as influências do ar que, hora após hora, deterioram esta habitação em que moras. És meramente o joguete da morte, pois procuras sempre evitá-la pela fuga e, apesar disto, corres sempre diante dela.

William Shakespeare, "Medida por medida", ato 3, cena 1.

Para Lúcia, Cristiana e Raquel

Devo expressamente mencionar a colaboração recebida do Curso de Especialização em Teoria Psicanalítica da UFMG, na pessoa de seu coordenador Prof. Eduardo Dias Gontijo e do Museu Sigmund Freud de Londres, na pessoa de seu curador, Michael Molnar.

Gostaria de mencionar ainda todas as pessoas direta ou indiretamente envolvidas neste projeto, mas cheguei à conclusão de que a minha gratidão é vasta diante das intenções do texto. Muitos amigos e colegas, cada um à sua maneira, deram sua contribuição inestimável.

Sumário

PREFÁCIO

Freud está morrendo. Por sua mente passam lembranças, ideias, cenas de sua longa vida. A dor é insuportável: como combinara anos antes com o Dr. Max Schur, uma injeção letal de morfina lhe é aplicada. Seu último pensamento, ao ver a Morte se aproximando: *cara, eu ganho, coroa, você perde...*

A Wilhelm Fliess, ele escrevera, certa vez, que no fundo não era médico nem cientista: *"ich bin ein Conquistador"*, como Pizarro ou Cortés. E em sua originalíssima recriação dos últimos meses do grande homem, Lúcio Marzagão capta admiravelmente esta faceta essencial do caráter de Freud. Se, à maneira acadêmica, o volume contivesse uma lista de referências, veríamos desfilar todas as biografias de Freud, depoimentos de pessoas que com ele conviveram, as coleções de cartas escritas por e para ele — enfim, *scholarship* da melhor qualidade. E toda essa erudição é empregada com graça e leveza, fazendo honra à tradição de escrever bem dos filhos de Minas Gerais.

Para contar sua história, o autor emprega grande variedade de recursos: alterna o monólogo interior com cartas a Martha ou à Princesa Marie Bonaparte; há "reminiscências" da empregada da família, Paula Fichtl, "entrevistas" concedidas a uma jornalista inglesa, diálogos com o Dr. Schur e com Anna Freud — carinhosamente chamada de Annerl — e assim por diante. Lucidez e humor, que Freud tinha em abundância, cintilam a cada página, assim como certo pessimismo mesclado com resignação.

Mas em algo que teria dito à Princesa — que sua herança perduraria por no máximo 30 anos — Freud se equivocou redondamente. Sem dúvida, tal como hoje e pelas próximas décadas, a Psicanálise continuará a interessar a muita gente, e textos como o que o leitor tem em mãos comprovam que a imaginação, temperada com escrupulosa atenção aos fatos psíquicos em que consiste seu método, pode dar frutos inesperados.

Biscoito fino, diria Oswald de Andrade, a ser degustado como doce de leite e pão de queijo.

Renato Mezan
Psicanalista, São Paulo

FIM

Terça-feira, 19 de setembro de 1939

Acordei e me lembrei imediatamente de minhas próprias palavras, naquela que, supunha, seria minha última carta à Princesa Marie: "uma pequena ilha de dor flutuando num oceano de indiferença". Alguns meses depois, não poderia repeti-las. A pequena ilha aumentou como círculos concêntricos e invadiu os confins de meu corpo. Meu corpo é um continente rodeado pela atenção das pessoas; atenção inócua no que diz respeito à dor, porém traduzida no seu olhar como compaixão... a ilha transformou-se em continente... Vivo, intensamente, a cisão entre o corpo caquético, que cada vez menos responde aos estímulos, e minha mente atenta e pensante... sinto-me estrangeiro em meu próprio corpo... estou no fim e sei, também, que nestes últimos tempos não me acovardarei diante da morte. Durante a vida, busquei coerência, ao mesmo tempo em que me encantei com as inevitáveis mudanças. Quando, há tempos, conversei com Lou e Rilke, afirmei que a beleza da vida reside precisamente na constante mudança das estações ou das roupagens das árvores... Através dos vidros das janelas noto que lá fora prevalece o calendário gregoriano; o outono está começando, mas naquele quarto, não tenho dúvida, meu inverno se aproximava.

A dor era inexprimível. Na verdade, uma ironia, desde que por toda a vida propalei que a verdadeira libertação da alma seria metamorfosear dores, afetos e sentimentos em palavras... agora não conseguia sequer concentrar a atenção naquilo que estava à minha volta; a dor reivindicava tudo para si, não menos que tudo.

Todos da casa, sem exceção, estavam esgotados. Havia me submetido às mais diferentes práticas médicas e vivido sentimentos recorrentes de humilhação. Mas, como num acordo tácito entre todos, ora negávamos a gravidade da doença, ora ríamos juntos; outras vezes, sorríamos um sorriso emoldurado pelo desânimo. Reservei para as madrugadas insones os gemidos, que escondiam um lamento choroso. Durante a vida, poucas vezes havia chorado. Na verdade, quando Sophie e meu neto se foram, a dor da perda foi maior que minha capacidade de ser forte.

Freud e Sophie

Imagino que, se permanecesse com os olhos fechados, a dor diminuiria... acho o mesmo quanto a manter a imobilidade. Falar, entretanto, é cada vez mais difícil. Poucas pessoas conseguem entender meus sussurros ou adivinhar as frases pelos tímidos movimentos de lábios inchados e feridos. Paula consegue fazê-lo, especialmente quando peço algo simples. Em seguida, Annerl, que percebe e consegue distinguir os pedidos das reflexões extemporâneas que costumo fazer. Martha, que, quase sempre, observa atentamente e, com os braços cruzados sobre o coração, tenta diminuir sua taquicardia, compreende muito pouco. Minna, que jamais sai de seu quarto, é também impedida por sua doença e manda recados do andar superior. Max, já há muitos anos, é ora médico de cabeceira, ora confidente. Após seu retorno dos EUA, mudou-se para Maresfield Gardens e age como um soldado que vigia os pontos cardeais; em vão, olha para todos os lados, tentando identificar com o olhar um inimigo imaginário.

"Guten Morgen, Herr Professor, Entschuldigung."

Com essas palavras, recitadas com alegria, entra no quarto a querida Paula. Seus olhos espertos varrem minha cama e meu corpo definhado. Aproxima-se. Quase murmurando, digo-lhe que não havia mais necessidade de falar em alemão, estávamos vivendo na Inglaterra há mais de um ano, tínhamos recebido uma inesquecível acolhida e éramos quase venerados; quanto à deferência em me tratar como professor, insisto que jamais pude ostentar tal título. A Áustria e seus imperadores não mo permitiram; o *breakfast* pode esperar. Tempo não mais me faz falta. Aprendi a dar importância a detalhes, e sei que tais detalhes, como, por exemplo, comer, agora são secundários.

O tempo sempre determinou minhas ocupações. Agora, estava ocupado em observar a mim próprio. Respondi: "Bom dia, senhorita Paula!" Ela, que estava próxima de minha cabeça, com as pernas apoiadas na cama hospitalar, ajeitou os travesseiros, puxou uma cadeira e se aproximou de meu rosto. Trazia nas mãos uma tigela com caldo fumegante e uma pequena colher. Delicadamente, levantou minha cabeça e sem falar encheu a colher. Aceito, mas não consigo reconhecer o gosto do alimento. Faço um movimento com a cabeça, em sinal de agradecimento, e finjo que gostei do caldo... tinha gostado, na verdade, do seu gesto carinhoso.

Durante os últimos dias, percebo que minha respiração se torna cada vez mais ofegante, não tenho mais controle dos esfíncteres — uma situação humilhante, que repete o sofrimento de meu pai. Sabia, por Max, que a dosagem de açúcar no sangue estava alterada; além de tudo, a absorção dos alimentos era lenta. A sensação do caldo quente na boca, enquanto engolia, me animou e, com certo esforço, volto o olhar para o semblante sofrido daquela jovem. Procuro sorrir e quero que o sorriso lhe transmita gratidão. Paula faz parte da minha família. A aceitação de seus hábitos por parte das outras mulheres — Martha, Anna e Minna — demorou certo tempo, mas, nos dias atuais, ela havia conseguido a admiração unânime até dos amigos e colegas oriundos das várias regiões da Europa e dos EUA.

Com os olhos abertos, acompanho a entrada de Annerl, que, como sempre, parece agitada. Como um fiscal, vasculha o quarto, buscando algo fora do lugar; olha-me nos olhos, e entendo que ela esperava que a dor tivesse cessado. Cumprimenta-me afetuosamente, pergunta sobre a noite de sono e, quando não respondo, entende de imediato. Encara Paula inquisitiva e esta responde, também com os olhos, que tudo estava bem. Paula abandona o quarto, levando a tigela.

— Bom dia, minha filha. Dormiu bem?

— Sim, papai, mas continuo estranhando o ruído que vem da Finchley Road. Os ônibus não dormem. O caldo estava bom? Tenho certeza de que prefere ovos, molho tártaro, presunto e sorvete de baunilha, mas pela manhã não se toma sorvete e alimentos líquidos serão mais bem absorvidos; quando estiver bem, teremos presunto e torradas. — Nos olhamos e entendemos que este dia jamais chegará.

Com a voz fraca, olho para Anna e digo-lhe que gostaria de lhe pedir mais um favor...

— Claro, papa, qual é?

— Devo responder a uma carta de um amigo... quero lhe ditar... é possível?

— Uma carta? Este não é o melhor momento...

— Ora, Annerl, trata-se de um amigo e, como você sabe, nunca deixo de responder cartas... É para Albrecht Schaeffer, um escritor alemão que escreveu sobre mitologia e misticismo, e traduziu Oscar Wilde, Diderot e Verlaine para o alemão. Ele também está se mudando para os EUA.

— Muito bem papa, dite-me...

— Obrigado.

"Caro Sr. Schaeffer... que carta inesperada e bem-vinda! Quantas vezes pensei no meu poeta durante estes tempos, vazios sob alguns aspectos, perguntando-me que tanto do tumulto selvagem os acontecimentos atuais da sua terra natal lhe teriam jogado! Deu-me intenso prazer saber que o que eu receava não ocorreu e que o senhor encontrou parceira tão preciosa na sua esposa.

"Nem tudo o que eu pudesse lhe dizer a meu respeito coincidiria com os seus desejos... mas tenho mais de 83 anos... portanto, de fato, já passou a minha hora, e realmente nada me resta a não ser seguir o conselho do seu poema: espere, espere... Seu, muito cordialmente,"

— Annerl, se possível, coloque esta carta no correio, ainda hoje...

A campainha da porta de entrada toca, e Anna se apressa em dizer que, possivelmente, era o Professor Ernest Jones, que no dia anterior avisara que faria uma rápida visita antes de atender seus pacientes. Na verdade, tratava-se do barbeiro, que entrou no quarto e, enquanto afiava a navalha, falou da guerra e da hesitação e demora da Inglaterra em aderir ao conflito. "Uma covardia", dizia ele. Em seguida, com movimentos automáticos, espalhou a espuma no meu rosto e percebo que enquanto raspava meu lado direito o fazia com lentidão e cautela, um cuidado especial com as cicatrizes operatórias. Noto, também, que sua proximidade de meu rosto o fazia prender a respiração, aliás, todos adotam a mesma atitude, inclusive minha cadela, que se deita cada vez mais distante do meu leito... após alguns minutos, o barbeiro sai apressado, despede-se e diz que sua agenda estava cheia de compromissos.

...estou sentado numa chaise-longue no convés de um navio, fumando e olhando o oceano sem fim ... sinto medo e, ao mesmo tempo, tenho a sensação de que estava prestes a conquistar a glória e reconhecimento... aproximam-se de mim Jung e Ferenczi... falam algo que não consigo entender... Jung entra na minha frente e impede minha visão da água e do horizonte... movo a cabeça, ele insiste e também muda de posição, continua na minha frente... irrito- -me... acordo.

Freud e Ferenczi em 1917

Meu estado de torpor e sonolência é interrompido, mais uma vez, pela campainha. Depois de alguns minutos, entram no quarto Ernest e Anna. Ele vestia terno e gravata escuros, como sempre elegante, e, com voz firme e otimista, me cumprimenta. Saudei Jones, levantando levemente os braços em sinal de desalento. Sentou- -se na mesma cadeira usada por Paula minutos antes e pôs-se a falar sobre a Sociedade Britânica de Psicanálise... Calado, noto

sua preocupação com o exílio, voluntário ou não, dos psicanalistas do continente, muitos judeus, e como os psicanalistas

Marie Bonaparte, Melanie Klein, Anna Freud e
Ernest Jones – foto Edward Bibring

britânicos estavam se sentindo ameaçados... sem falar, rumi-
no se Jones seria antissemita. *Não poderia interpelá-lo, pois a*
acolhida que recebi por parte dos ingleses atestava o contrário,
pensei. Apesar de saber que Ernest não queria ouvir minha
opinião, faço um gesto ambíguo, concordando com suas palavras, e deixo que a sonolência novamente me invada... aquela
foi a última visita de Jones. Eu estava com profunda aversão
ao problema político, em qualquer nível. Apenas me ocupo
com o destino profissional de minha filha e com a solução de
seus problemas com a senhora Klein. Nunca sei se meu sono
diurno prevalece sobre meu cansaço ou se ocorre o inverso...

...após certo tempo, abro os olhos. O quarto está vazio... Passeio meu olhar pelas estantes de livros, observo a pequena escada de quatro degraus que tinha me servido durante toda a vida, o divã e a poltrona, todos instrumentos de trabalho; ali, com eles, recordo-me dos lamentos, choros e gargalhadas. A lareira estava apagada, e penso que nunca mais voltaria a vê-la acesa e crepitante. Alguns dos livros, companheiros de todos os dias, estão gastos pelo manuseio constante. Outros aguardam sua hora. As peças antigas... muita dor... todas tinham uma história, representavam meu interesse por Arqueologia e outras ciências, e a maioria tinha sido presenteada por amigos e colegas. O valor das peças, para mim, era incalculável; para um colecionador, nem tanto. Miro cada uma delas e visualizo a pessoa que com ela me presenteou, a ocasião, e o que a peça significa. No armário que abrigava a coleção, sobressaía-se um vaso greco-romano — um presente da Princesa Marie Bonaparte — um vaso que teria sido usado para guardar vinho ou mel e ilustrado com figuras humanas num ritual de oferenda. É minha peça favorita. Meu interesse é pelo valor arqueológico das peças, mas, naquele momento, elas revelavam outros sentidos, principalmente artísticos. Em seguida, olho para a escrivaninha, ali onde tinha escrito a respeito das descobertas sobre a alma, descobertas que ameaçaram pessoas. Às vezes, paguei caro por essa pequena gota de sorte...

Todos ao meu redor sabem, e cautelosamente silenciam, sobre a morte cada vez mais próxima... as movimentações em torno de mim são cada vez mais teatrais. Represento, e meu pequeno público corresponde, sempre de acordo com as expectativas. Protejo-me desse incômodo quando durmo ou finjo dormir, e todos fingem acreditar no meu sono...

...nestes dias, sempre catalisados pela dor, faço reflexões

sobre o passado e o futuro da ciência que havia concebido. Minha obra será considerada pela posteridade literatura ou ciência? Serei comparado a Shakespeare ou a Darwin?

Dei-me conta de que estávamos no dia 19 de setembro. A igreja católica, especialmente na Itália, comemora o dia de San Genaro, mártir sepultado em Nápoles cujo sangue, conservado em pequenos vidros, neste dia todos os anos se liquidifica... independentemente de minha fé, em certa ocasião usei San Genaro e um poema de Virgílio para argumentar, com um colega célico, sobre a inegável existência do inconsciente. Na época, pedi ao amigo que declamasse o poema, e ele se esqueceu de uma palavra: *"aliquis"*. Disse-lhe que seu esquecimento não era casual, mas causal... atualmente tenho certeza de que a Psicanálise não será aceita por força de argumentos, mas antes pela experiência vivida pelo paciente... de resto, considero esse debate inútil e cansativo...

Com saudades de um passado recente, recordo-me de quando caminhava devagar pela rua Maresfield Gardens até a avenida que dá acesso ao metrô. Nas proximidades, havia uma charutaria, cujo proprietário sabia da minha rotina e do meu vício. Quando via eu me aproximando, acenava, sorria e falava um inglês lento e complacente; imediatamente me oferecia uma caixa de charutos. Eu pagava e agradecia, como se fosse um presente. No caminho de volta, ficava atento à movimentação dos carros e pessoas; respondia mecanicamente aos cumprimentos dos conhecidos e desconhecidos. Chegava em casa, acendia um charuto e, de vez em quando, o mirava distante de meus olhos e me perdia na fumaça perfumada. Os charutos sempre foram meus companheiros, tal como os livros, desde os 24 anos de idade. Além de aumentarem minha capacidade de trabalho, ajudavam na concentração. Certa vez, disse ao meu neto Harry que não conseguia entender o fato de ele não fumar, pois esse era o maior e o mais barato dos divertimentos. Fumava cada vez menos... Cheguei a consumir por volta de vinte charutos por dia. Durante as reuniões da Sociedade, a cena era cômica; todos os presentes portavam um charuto, e, ao mesmo tempo, faziam considerações teóricas sobre a Psicanálise. Contam que em uma ocasião, diante da observação insistente de um colega enquanto acendia um charuto, eu lhe disse que, às vezes, um charuto é apenas um charuto! Quando alguém me fala desse fato respondo que não me lembro de ter escrito ou dito algo semelhante. Dou uma baforada e volto para a releitura de Moisés e o Monoteísmo. Penso na morte...

O ser humano consome boa parte de sua vida tentando negar a morte — a sua própria ou a de pessoas queridas. Dentre as ações que transformam as perdas em luto, está, sem dúvida, escrever livros ou produzir obras de arte. As crianças, com chocante ingenuidade, perguntam à mãe: quando você morrer, devo fazer isto ou aquilo? Ora, todos conhecem a frase *"si vis pace, para bellum"*; prefiro: *"si vis vitam, para mortem"*. Vejo o rosto de Max aflito e apressado... há duas semanas, mais exatamente no dia três de setembro, um domingo, a Inglaterra declarou guerra à Alemanha. Max foi ao jardim onde eu estava tomando sol e lendo jornais. Me disse que as sirenes que estavam soando não eram mais um simples treinamento e transferiu-me para o andar térreo e para o escritório. Tratava-se de um lugar mais seguro. Agora, ali estava eu, olhando os móveis, os objetos e minha coleção... recordo-me de Shaw quando disse: não tente viver para sempre, não conseguirá!

...quando pressinto, com os olhos fechados, que ninguém está no quarto, entrego-me a devaneios e divagações. Mais uma vez, minha consciência, crescentemente mais turva, volta-se para aquelas férias que gozei na fronteira da Áustria com a Itália, nos

Rilke com Lou Andreas-Salomé em 1897, na varanda da casa de verão da família Andreas.

montes dolomíticos, em San Martino de Castrozza. Como disse, conversava com os amigos Lou Andréas-Salomé e Rilke. Eles se queixavam da transitoriedade da vida, e eu argumentava que a beleza da vida estava exatamente nas mudanças, nos ciclos e superações... e mais uma vez, cá estou, lutando contra a morte... pela segunda vez no mesmo dia, lembro-me do episódio.

A descida de uma tropa de soldados marchando pela rua me leva a pensar na guerra. Permaneci lutando em Viena durante dezenas de anos, sofrendo todos os preconceitos, expressos abertamente ou de maneira sutil. Analisando colegas e amigos vindos dos mais diferentes países, mantive o desejo de permanecer na Bergasse a qualquer preço... não acreditava que os nazistas chegassem à minha porta. Depois de Annerl ter sido sequestrada pela Gestapo, dei-me por vencido. Vivo em Londres há mais de um ano. Meus colegas e minhas irmãs quase certamente serão sacrificados por Hitler... me perdoem... reconheço, finalmente, que se permanecesse em Viena a Psicanálise teria desaparecido — seja pelas mãos dos nazistas, seja pelas mãos dos comunistas que, certamente, vão tomar o poder. Minha difícil decisão pelo exílio em Londres salvou não apenas a vida de pessoas queridas, como deu condições para a divulgação da teoria psicanalítica pelo mundo. Nunca fiz segredo de minha antipatia pelo *modus vivendi* dos americanos, mas sua capacidade de transformar tudo em que põem as mãos em objeto de consumo emprestou às minhas descobertas a chance de ganhar força e oportunidade de reconhecimento. Eles, os americanos, são uma espécie de Midas da era moderna...

Da minha cama acompanho o movimento do sol... entardecia... à noite, me sinto mais apreensivo. Sinto pouca falta de Martha, muita de Annerl e Paula... a dor aumenta, e meus devaneios perdem a lógica... O acortinado me protege das moscas, mas impede parcialmente a visão da rua... a luminosidade diminui e deixa entrar a penumbra...

Paula entra e, mais uma vez sorrindo, cumprimenta-me, agora em inglês, e oferece-me uma sopa de legumes. Noto que, a despeito de todo seu esforço, procura ficar mais distante de meu rosto dilacerado. Insiste em me alimentar, e quando Annerl entra estou com a colher na boca, mal podendo cumprimentá-la...

Após o jantar, ambas saem, e volto minha atenção às antiguidades, meus velhos e bons deuses. A origem das religiões: um tema que jamais me abandonou. Deuses gregos, romanos ou egípcios, todos enfileirados e observando meu sofrimento. Sei que estou morrendo... mas como vencer a morte? Não consegui, exceto escrevendo livros, que ninguém sabe se serão lidos no futuro. Recordo-me daquela frase dos nazistas, que há tempos tinha sido veiculada contra minhas contribuições e de outros escritores judeus: somos contra a glorificação dos instintos, queremos a devolução da nobreza da alma humana; por isso, lançamos às chamas os escritos de Sigmund Freud. Pensei que, considerando-se a queima das bruxas na idade média, inegavelmente tinha havido algum progresso, pois agora se contentam em queimar livros!

É noite e percebo que alguém entra no quarto. Fecho os olhos e enceno um cochilo, ao mesmo tempo em que indago, entre o receio e a alegria: mais visitas?

Quarta-feira, 20 de setembro de 1939

Acordo e, mais uma vez, ouço o ruído de soldados marchando; seguem o comando de uma voz alta e rouca que pronuncia apenas duas sílabas, pouco inteligíveis, entre pequenos intervalos. Os rapazes entendem e seguem a ordem... volto a pensar em Viena e admito a falta que sinto da cidade onde vivi por quase toda a minha vida. Meu desejo, em última instância, seria continuar na Bergasse. Não acreditava que os nazistas invadiriam minha casa, mas os acontecimentos se precipitaram; atualmente, acho que fui ingênuo. Eles não apenas invadiram minha sala, mas minha cozinha e todos os quartos. Felizmente minha coleção foi preservada, pois não despertou maior interesse.

Faço algum esforço, abro os olhos e vejo diante de mim Anna, Martha e Paula. Depois, Max. Amanhece. Antes que falem, me antecipo e balbucio — me esforçando para que minha voz não tenha um som soprado —, que estava bem e tinha dormido satisfatoriamente. Sabíamos que eu mentia. Não tinha fome, mas com o intuito de enganá-los, perguntei pelo desjejum. Olham-me desconfiados, e Paula surge imediatamente com a bandeja; ao mesmo tempo, pactuam observar minha refeição sem trégua. Engulo. Faço-o lentamente e, novamente, não sinto o gosto. Alego dor nas mandíbulas. A desculpa é aceita. Aliás, a dor, surpreendentemente, está amena nesta manhã. As três não dão importância às baterias antiaéreas, que parecem mais próximas da casa. Quando o prato está pela metade, saem em retirada, balbuciando alguma coisa como: "alimentou-se bem, não, alimentou-se mal!" As patrulheiras desaparecem. Lembro-me de minha mãe, Amalie. Eu sabia que era o filho preferido, mas não gostava dos comentários feitos pelos irmãos, principalmente pelas irmãs, quando se referiam ao fato.

Freud com sua mãe, Amalie,
aos 16 anos

Minha rendição em Viena ocorreu quando as provocações feitas pela Gestapo passaram a ser diárias. Quando me convocaram para depor e Anna se ofereceu em meu lugar, tive medo. Depois de Annerl ter sido interrogada por um dia inteiro, tempo que consumi andando de um lado para outro fumando charutos, acabei por concordar com a Princesa Marie Bonaparte e Ernest Jones... decidi arrumar as malas e embalar as antiguidades... iria para Londres, pois pretendia tentar, a partir de lá, fazer ressoar minhas descobertas pelo mundo.

Minha mãe Amalie e meu nome. A certidão de nascimento grafa meu nome como Sigismund — uma corruptela de Schlomo, do hebreu Shelomoh, versões para Salomão. Anos depois, mudei meu nome para Sigmund. Imagino as relações entre meu nome original e o trabalho que realizei... as coisas, os objetos, os afetos, as palavras e a linguagem. Subitamente, uma nova onda de dor interrompe a sequência de meus pensamentos. Insisto: como seriam os seres humanos destituídos da linguagem? A pintura das cavernas, o pincel dos pintores ou o cinzel dos escultores não seriam, também, formas de linguagem mais sofisticadas? Sempre me ocupei da linguagem e dos silêncios. Quando falamos, desejamos, e quando emudecemos, também. Há anos, disse que, quando falamos, pedimos algo a alguém; mesmo quando afirmamos ou negamos. A linguagem, aquilo que tentamos dizer a outrem, é uma areia movediça. Meu trabalho *Die Verneinung*, foi traduzido pelos ingleses como *Negation*. Não concordei, mas não conseguiria argumentar sobre as sutilezas da língua alemã ou sobre aquilo que pretendia dizer... Deixei de lado.

Em minhas elucubrações, entendo que a matéria-prima da Psicanálise é aquilo que as pessoas dizem, não é relevante a distinção secular entre objetividade e subjetividade. O ser humano tem compulsão para classificar tudo o que está à sua volta. Seria este um ato defensivo? Na linguagem, qual a relação entre as palavras e as coisas às quais pretendem se referir?

...olho pela janela, vejo as árvores perdendo as folhas... logo será pleno outono, e não estarei mais neste quarto ou neste mundo... a dor age como se fosse um dreno pelo qual a vida se esvai... é verdade, é feita de ciclos, e pouco podemos fazer para alterá-los. Uma dor aguda e latejante no queixo, cada vez mais intensa... os tecidos se gangrenando... é o fim... mal consigo falar, mas ainda penso... tudo o que elaboro pode sugerir uma espécie de chronik de um doente terminal... sei que se trata de um recurso inócuo contra a morte que se aproxima.

Ocorre-me um pequeno romance de Goethe intitulado *As afinidades eletivas*. Não me canso de constatar que escrito-

res e filósofos alcançam as dimensões infinitas da alma humana mais rapidamente do que os cientistas. Goethe, meu escritor preferido, consegue, nessa obra, sintetizar tudo o que diz
respeito ao ser humano, suas qualidades e defeitos. O romance aborda, sem o abuso de conceitos que nos tornam míopes
ou injustos, toda a variedade de assuntos humanos, a razão
da proximidade e distância entre as pessoas, as expectativas
e decepções, suas contradições e injustiças, nobreza e vilania;
enfim, sintetiza, com rigor e profundidade, dilemas que os
cientistas mal conseguem tratar superficialmente, incluindo a
minha teoria psicanalítica. Sou um escritor ou um cientista?
Como entender essas ideias quando a morte está espreitando?

Quinta-feira, 21 de setembro de 1939

Estava acordado, mas não conseguia ou não queria
abrir os olhos. Lembrava-me da dor que sentira dois dias antes com saudade; era mínima, quando comparada à desta manhã... tentei ouvir ou adivinhar os movimentos da casa, dos
automóveis e veículos militares que subiam e desciam a Maresfield. Os ruídos me parecem mais altos do que aqueles que
ouvira na Bergasse...

Neste momento, as pontas dos dedos de uma mão afa-
gam meu rosto, arrumam meus cabelos e, com a ajuda de um
pequeno lenço, enxugam gotas de suor na minha testa. Estes
gestos carinhosos me induzem a permanecer com os olhos
fechados e, mais uma vez, finjo que durmo... não consigo.
Abro os olhos lentamente e vejo rostos. Num primeiro plano,
Martha, depois Anna e, por último, Paula. Sorrio agradecido,
porém, desalentado. A expressão de Martha estava fechada,
séria e cansada; Anna parecia fazer um grande esforço para
agir naturalmente e Paula, à distância, parecia chorar. Olho

com firmeza para cada uma delas, tentando transmitir-lhes segurança e força diante daquilo que estava se avizinhando... ao mesmo tempo, penso em como é difícil não observar meu próprio comportamento e o dos outros. Talvez seja o resultado de anos e anos de dedicação, ouvindo pessoas, queixas e lamentos, e procurando, principalmente, entender aquilo que estava nas entrelinhas do que diziam. Prezo, acima de tudo, a lucidez e tenho pavor de ficar à mercê de terceiros.

Divago... minha vida não foi inútil... realizei quase todos os meus sonhos e ajudei pessoas a valorizarem os seus próprios, diurnos ou noturnos... elas me procuraram vindas de lugares distantes e depositaram na ciência que inventei a solução para todos os males, seus e da humanidade, seus sofrimentos e esperanças... minhas esperanças eram mínimas, mas me cabia silenciar diante da fé daqueles que ouvia... minha obra partiu da observação de casos clínicos neurológicos e psiquiátricos, não mais saberia dizer qual é o meu trabalho... abandonei a medicina ou fui abandonado por ela? Há muitos anos escrevi uma carta a Fliess e lhe disse que eu não era um homem de ciência, nem um observador, nem mesmo um experimentador ou pensador. Sinto-me um conquistador

Freud e Fliess em 1890

ou aventureiro. Nos últimos tempos, minhas preocupações são de ordem filosófica e literária... a ciência tradicional está distante. Às vezes, ouço meus pacientes com um secreto sentimento de desesperança... é horrível ouvir e calar... estou, enfim, distante de Claude Bernard e próximo de Dostoievski... longe de Descartes e próximo de Nietzsche... meu tempo passou...

Estas divagações visam amenizar minha dor. Como se fosse possível... recordo-me do livro que terminei de ler, *A pele de onagro*, de Balzac. Muitas passagens me fazem pensar sobre meus próprios livros... Balzac compara a vida a um jogo e, no início, com alguma ironia, diz que quando entramos num cassino começamos por perder o chapéu que dependuramos na chapeleira... o homem se esgota por dois atos instintivos, que impedem a existência plena e que trazem a morte... querer e poder... não à sabedoria que é pura exaltação do querer ou do saber... a glória é o mísero troco e, além de tudo, paga-se caro: não ficamos com ela... felicidade... a felicidade que consome nossas forças, ou a desgraça que elimina nossas virtudes...

Balzac, Balzac, você e os escritores disseram tudo que procurei dizer e não o consegui. Rafael, seu personagem, em poucas palavras, diz que, na vida, todas as vezes que desejamos, caminhamos em direção à morte. É verdade. A morte é um movimento que conhecemos pouco... a ideia é um movimento, uma energia imensa... o homem não inventa energias... até mesmo Deus pode ser uma forma de movimento. Há, no suicídio, algo de grandioso: quando um homem cai, não duvide de que se trata de uma grande queda... Sinto fome, mas saciá-la não seria possível, engolir sem desencadear a dor cada vez mais lancinante...

olhei ao redor, as cortinas esvoaçantes do quarto-gabinete refrescavam meu corpo suado... desejei enxergar a morte entre as cortinas... espreitando... adormeci novamente e sonhei com uma viagem de trem... a morte estava tão presente quanto Dover...

Paula se aproxima e tenta, de novo, me fazer engolir um caldo. Sinto repulsa e ânsia de vômito. Aproveito sua proximidade e murmuro sibilante: "Chame o Max, por favor!" Ela sai apressada e, imediatamente, Max entra. Peço que todos saiam do quarto, exceto meu médico e amigo.

— Max, você naturalmente conhece meu filho Oliver, não?

— Claro, Professor!

— Pois bem, seu nome se deve ao escritor e político inglês Oliver Cromwell, cujos escritos fizeram parte de minha juventude... Cromwell disse: "A mim não foi dado beber ou dormir, mas sim apressar o quanto puder a hora da minha partida."

— Caro Professor, acho que o senhor tem sempre se indagado sobre a morte...

— Certamente, Max, e cada vez mais... você não acha que deveria ser a minha preocupação? Especialmente nestes dias?

O olhar de Max refletiu uma expectativa ansiosa. Sorrindo, pergunto em um sussurro se ele já leu *A pele de onagro*. Diz que ainda não. Falo que é um romance muito semelhante ao *Fausto*, trata da obtenção de todos os prazeres em troca da imortalidade: sempre o homem, sua morte e a eternidade... *ora, Max, devo dizer que li muito pouco, escrevi muito, confundi colegas com amigos e amigos com colegas. O livro fala de algo que neste momento ocorre comigo, todos os desejos de Rafael são satisfeitos, mas cada satisfação faz sua pele-talismã encolher, diminuímos de tamanho quando desejamos muito. É meu caso.*

— Max, ouça-me com atenção. Há muitos anos, se me lembro, em 1929, você prometeu que quando eu entendesse que nada mais restava senão a tortura, me ajudaria. É chegada a hora.

Ele me respondeu com a cabeça e com os olhos úmidos. Lembrava-se. Segurou minha mão por alguns segundos e apertou-a. Não conseguiu conter as lágrimas. Levantou-se, apanhou a valise e dela retirou uma seringa hipodérmica e um vidro cheio de morfina. Automaticamente, atravessou a tampa com uma pequena agulha, puxou o êmbolo e colocou dois centigramas de morfina na seringa. Olhou-me, e eu disse:

— Não deixe de comunicar a Annerl, mas não quero que ela assista.

Sinto uma pequena picada e, em seguida, sou tomado por um intenso prazer, que há muito não sentia... minha respiração, incômoda e ofegante, rápida, ineficaz e superficial, cede lugar a um grande alívio; um leve calor percorreu meu corpo e, ao mesmo tempo, senti uma leve e agradável tonteira... minha pele, que antes estava fria, tornou-se aquecida... a respiração, antes superficial, tornou-se lenta e pausada, o coração passou a bater cadenciadamente, o suor desapareceu e os incômodos gases, também... consegui ver luzes e ter sensações visuais e sonoras... nada mais me perturbou.

Max Schur

...as vozes eram ouvidas ao longe... senti uma irresistível necessidade de dormir... antes de fechar os olhos, mirei Max, tentei mover a cabeça em sinal de agradecimento... as cortinas se moveram, e o mosquiteiro também... pressenti a morte... a ironia continua a fazer parte da vida...

Olhei em direção à morte e murmurei:

— Veja, tomei todas as providências antes que você chegasse... se cair coroa, eu ganho, se cair cara, você perde...

Bergasse 19 fecha as portas

Nunca tive o hábito de ouvir rádio, mas naqueles dias existia, por parte de todos nós, uma grande curiosidade e preocupação com o destino da Áustria. Dessa forma, ouvi comentários e propaganda repetindo que Adolf Hitler acabara de anexar a Áustria à Alemanha, e assim, dentre outras coisas, eliminava os últimos resquícios do Império Austro-Húngaro. Consultei o calendário após ouvir a notícia: 13 de março de 1938. Olhei as horas no relógio e automaticamente dei corda, tal como fizera durante anos a fio. Dei-me conta de que meu primitivo rancor pela Áustria acabara, era substituído por um inusitado sentimento de gratidão; sabia que aquele país onde vivera toda a minha vida nunca mais seria o mesmo. As notícias diziam também que Hitler faria uma "visita" de gentileza ao país após a anexação, no dia 14 de março.

Adolf Hitler fez com que o ministro austríaco Kurt von Schuschnigg deixasse o governo e, em seu lugar, assumisse Seyss-Inquart. Durante o mês de fevereiro, eu escrevera para Max Eitingon e me queixara dos jornais, que mentem cada vez mais. Disse-lhe: "Você leu que os judeus da Alemanha estão proibidos de dar nomes de origem alemã aos filhos? Eles só podem revidar, exigindo que os nazistas se abstenham de usar os nomes populares João, José e Maria. As melhores intenções de Schuschnigg em relação aos judeus só serão respeitadas enquanto ele estiver investido de alguma autoridade. Esse tempo será curto. Depois de seu fracasso, só resta esperar."

Achei que minha saída de Viena acarretaria o imediato esfacelamento do grupo de pessoas interessadas na Psicanálise. Mas, se não foi possível evitar a *Anschluss* da Áustria à Alemanha, ainda era possível impedir a anexação da teoria psicanalítica ao ideário nazista pela aceitação de uma espécie de censura coordenada por Hitler. O nazismo encontrou na pacífica Áustria um solo fértil para suas ideias, muito mais do que na própria Alemanha: curiosa e instigante a posição tomada pela poderosa igreja católica que, de maneira inesperada, concordou em hastear a bandeira nazista nos adros de suas igrejas.

Os acontecimentos que tiveram lugar em Viena demonstraram com exatidão meu ponto de vista: os cidadãos vienenses, que antes da invasão se comportavam de maneira pacata, serena e humilde, foram, subitamente, travestidos em agentes da violência física e psicológica; agrediam, humilhavam e assassinavam os judeus com mais requinte do que seus colegas e amigos nazistas alemães. Eu sempre disse que não era de todo correto afirmar que o ser humano é socializado. Preferia dizer que é domesticado, e mesmo assim, nunca inteiramente confiável, tal como chega a sê-lo um cachorro.

Estávamos em março, e escrevi para meu filho Ernst dizendo-lhe que aguardávamos o "sinal livre" do imposto de renda para podermos viajar para a Inglaterra. Disse-lhe, também, que era tempo do Judeu Errante descansar em alguma parte. Revelei meu receio com relação à coleção de antiguidades e, em tom de autocrítica, completei, lembrando-me do homem que tenta salvar uma gaiola numa casa em chamas.

***

Escrevia a carta em meu escritório quando ouvi batidas fortes e insistentes na porta de entrada. Levantei-me, e quando cheguei à sala me deparei com um grupo de jovens vestindo uniformes pardos, uma tarja envolvendo os braços onde era exibida a suástica, símbolo usado pelos budistas para se referir à felicidade. Agiam como soldados, estavam armados e visivelmente nervosos. Um deles, apesar de se mostrar o mais arrogante deles, aparentava, no máximo, quinze anos de idade. Falando com a rapidez das pessoas que obedecem a ordens automaticamente, começaram a vasculhar a casa sem qualquer critério, e de vez em quando, perguntavam onde estava o dinheiro. Martha pediu-lhes, calmamente, que se sentassem, pois gostaria de recebê-los com cortesia. Os invasores nada responderam.

Depois de encontrarem o dinheiro, que alegaram ser pouco, fizeram um recibo. Eu sabia que nada mais me restava; aceitei e disse que aquela importância era a maior quantia que havia pagado por uma visita em toda a minha vida. O fato que me assustou, porém, foi que sequestraram Anna e a levaram para um interrogatório. Na verdade, queriam que eu os acompanhasse, mas Anna se ofereceu, alegando que meu estado de saúde não era bom. Surpreendentemente, aceitaram um atestado que declarava minha saúde precária, assinado por Hans Pichler. Nesse mesmo dia, sequestraram, também, os passaportes de toda a família.

Voltei angustiado para o escritório, andando de um lado para o outro, preocupado com Annerl e fumando charutos seguidamente, apesar de saber dos males causados pelo fumo. Max entrou no escritório e, mais uma vez, me alertou sobre os danos provocados pelo tabaco. Respondi-lhe que os charutos me faziam companhia desde a juventude e tinham me ajudado a enfrentar a vida, sem contar que aumentavam minha capacidade de trabalho e meu autocontrole. Além disso, os estragos já estavam feitos. Mais tarde, soube que Max havia entregado para Anna cápsulas de cianureto que ela deveria usar, caso o interrogatório violasse sua resistência física ou moral.

Aguardei durante todo o dia por notícias. No final da tarde, Anna voltou para casa, visivelmente estafada com o intenso interrogatório ao qual fora submetida. Naquele momento, enquanto olhava minha filha da cabeça aos pés, tomei a decisão definitiva de abandonar a Áustria.

***

Eu havia escrito uma carta para Ernest Jones na qual procurava convencê-lo, e a outros amigos, de que não via sentido em qualquer comemoração de meu aniversário; além do mais, me parecia que o provável exílio na Inglaterra estava se tornando inevitável. Nessa mesma carta, informava a Jones que a Princesa Marie deveria chegar a Viena no início da semana para nos acompanhar até Paris, caso conseguíssemos a liberação das autoridades nazistas. Concluí dizendo que estava desanimado, preferindo estar em melhores condições de saúde; e me lembrei do provérbio francês: "O jogo mal vale a vela."

***

Eu estava no escritório naquele domingo me refazendo do susto que o sequestro de Anna havia me causado. Ao mesmo tempo, relia alguns ensaios de Thomas Macauley, político e autor que eu apreciava há muito tempo. Na verdade, havia uma forte identificação com sua forma liberal de pensar e sua ambição pessoal. A formação de Macauley era excelente e havia sido realizada no Trinity College de Cambridge. Uma outra lembrança era a de que ele tinha lutado pela emancipação dos judeus. A releitura demonstrava, mais uma vez, que a leitura realizada depois da primeira é sempre mais profunda e instrutiva: acabamos por perceber detalhes insuspeitos.

Refletindo sobre a anexação da Áustria à Alemanha, considerava melancólico que um império que havia dominado ou governado dezenas de nações estivesse naqueles dias restrito em seu território e em sua soberania política. Os governantes da Áustria haviam se tornado medíocres e medrosos, o país estava cada vez mais distante de seu esplendor do fim do século.

Estava imerso nessas reflexões quando ouvi uma leve batida na porta. Anna entrou ansiosa e me disse que vários membros da Sociedade Psicanalítica de Viena estavam reunidos na sala da casa e me convidavam para uma sessão extraordinária. Tinham optado por se reunir na Bergasse 19 — e não na sede, Bergasse 7 — por razões de segurança. Anna me disse também que gostaria que eu presidisse a reunião.

Surpreso, mas não muito, levantei-me lentamente e fui até a sala. Realmente, o quorum era baixo. Annerl me disse

O comitê de Freud em 1902 – Sentados, Freud, Sàndor Ferenczi e Hanns Sachs. De pé: Otto Rank, Karl Abraham, Max Eitingon e Ernest Jones

que a pauta era única: analisar a viabilidade da continuação do funcionamento da Sociedade em Viena. Após ter me sentado, Anna me informou que a Sociedade tinha recebido um comunicado de Berlim dizendo que o Dr. Carl Müeller-Braunschweig estava a caminho de Viena, acompanhado por um oficial alemão, para assumir a direção da Sociedade. Na carta era dito que, além de integrar as várias técnicas de terapia à teoria psicanalítica, o objetivo de Müeller-Braunschweig era arianizar a Psicanálise, ideia que causou, ao mesmo tempo, espanto e sorriso nos membros, pois o único psicanalista presente que não era judeu era Richard Sterba. Essa constatação facilitou a continuação da reunião quando, em seguida, foi proposta a autodissolução da Sociedade, proposta aprovada por unanimidade. Olhei para Sterba e perguntei o que ele pensava da decisão. Ele me respondeu que estava de acordo, e não somente com o resultado da votação; pessoalmente, achava que a teoria psicanalítica trazia em si uma vocação libertária e que sua homogeneização aos padrões nazistas seria um contrassenso. Sterba acrescentou que também abandonaria a Áustria com toda a sua família.

Respirei fundo e, intimamente, lamentei que tivéssemos chegado tão longe. Nesse momento, lembrei a eles que quando o general Tito destruiu o templo de Jerusalém o Rabino Yochanan ben Zakkai solicitou permissão para transformar sua escola em Yavneh num centro de estudos da Torá. E completei: a Psicanálise e seus estudiosos podem fazer o mesmo.

Em seguida à minha participação, alguém sugeriu que depois daquele dia — 13 de março de 1938 — a sede do pensamento, estudo e formação em teoria psicanalítica seria o local onde estivesse a minha pessoa. Todos concordaram, e assim a Psicanálise encerrou suas atividades em Viena. Não era possível imaginar se e quando ela voltaria a ser estudada naquele país.

***

Viena IX, Bergasse 19, 23.03.1938

Annerl,

Sempre acabo por achar que minha habilidade para escrever é maior do que para falar. Atualmente entendo melhor esta dificuldade, pois minha doença a afeta gradativamente, e cada vez mais. Esta carta é escrita sob forte emoção, considerando-se os últimos acontecimentos. Sua detenção por um dia me convenceu de que, infelizmente, não temos mais lugar na Áustria. Tolerar sua ausência durante tantas horas foi insuportável, e cheguei a dar razão ao Max por lhe ter dado as cápsulas de cianureto. A simples ideia de reencontrá-la ferida causou-me imensa repulsa.

Quando a vi entrando em casa, à noite, senti um misto de emoção e alívio; ao mesmo tempo, tomei a decisão que vinha postergando, a de que devemos sair deste país cada vez mais impregnado de um clima antissemita. Faremos, a partir de agora, todo o possível para irmos todos juntos, de preferência para a Inglaterra. Tenho certeza de que não seremos submetidos a nenhum tipo de humilhação.

Mas escrevo esta carta, também, por outras razões, como dizer algumas coisas que talvez nunca tenha dito, provavelmente, por considerar que são fatos autoevidentes.

Quando sua mãe, Martha, engravidou pela sexta vez, devo dizer que fiquei aborrecido. Como sustentar com dignidade uma família tão numerosa? Cheguei a conversar, por carta, com o então amigo Fliess sobre suas pesquisas contraceptivas. O quanto seriam bem-vindas!

Os anos se passaram, e você foi ganhando importância cada vez maior no seio familiar, ao mesmo tempo em que se tornava meu braço direito nas pesquisas. Era difícil separar minha querida filha da companheira de trabalho. Seus irmãos se foram, e sua mãe nunca fez segredo de seu desinteresse pelas coisas psicanalíticas.

Nestes tempos que me restam, vez por outra, me pergunto sobre o fato de você não ter se casado. Você sabe, e eu também, que vários foram os pretendentes, mas eu temia pelo seu afastamento e nunca considerei estivessem à sua altura. Cheguei a ouvir de alguns colegas mais próximos a alusão de que, na verdade, não os considerava à minha altura. Quem sabe?

Com relação ao meu projeto de divulgação da teoria psicanalítica, tinha certeza de que ele seria mais bem conduzido por você do que por qualquer outra pessoa. Do ponto de vista técnico ou teórico, talvez fosse possível encontrar alguém que avançasse com a teoria, mas a lealdade a mim e àquilo que criei com você estariam assegurados.

Sem nenhuma dúvida, a gratidão que sinto me faz considerá-la de forma diferente quando a comparo a seus irmãos — com a exceção de Martin, que se dedicou à editora de forma perfunctória, os outros traçaram seus objetivos e se foram. Não me queixo. Ou sim?

Repito que minha saída da Áustria foi deflagrada pelo interrogatório a que você foi submetida. Sempre procurei manter o autocontrole e não consegui fazê-lo durante o tempo em que a esperava. Sua volta sinalizou que devíamos começar uma nova vida, com toda a liberdade e lhe garantindo condições mínimas para continuar meu trabalho. Com apenas quarenta e três anos, você tem toda a vida pela frente e certamente contará com o apoio de amigos que estarão conosco e nos acompanharão até o exílio. Pretendo, durante este tempo que me resta, se ainda me resta algum, escrever pelo menos três cartas para aquelas pessoas que marcaram minha vida e às quais devo toda a gratidão. Desnecessário dizer que esta é a primeira. Possivelmente, muitos amigos e colegas ficarão excluídos, mas minhas condições de saúde estão se deteriorando mais rapidamente do que eu imaginava.

Caso possamos nos fixar em Londres, gostaria de lhe pedir que mantenha alguma distância da Sra. Melanie Klein, cujas ideias dificilmente se ajustam aos princípios norteadores da teoria que criei. Não gosto da possibilidade de que a teoria ganhe coloração política ou sectária. Procurei, ao longo da vida, orientar meus passos pela racionalidade e temo que minhas ideias se transformem em tão-somente uma concepção de psiquismo a mais, dentre as dezenas que existem em todos os lugares. Sinto que a Sra. Klein busca pontos de desencontro e não dá atenção às semelhanças que existem em nossos pontos de vista. Aliás, chego a pensar que a nossa ida para a Inglaterra *a desagrada, e não sei se gostaria de estar enganado.*

Gostaria que mantivesse uma estreita amizade com Dorothy e com a Princesa Marie. Estes anos de convivência foram suficientes para demonstrar que são amigas sinceras e leais. Mantenha-se atenta ao amigo Ernest Jones. Às vezes, acho que sua amizade é intensa, mas mais próxima dos aspectos políticos da Psicanálise do que dos laços familiares. Posso estar sendo injusto, e agora quero estar enganado. Apenas procuro ser honesto com aquilo que sinto, e esta honestidade tem me custado, ao longo da vida, muitos amigos. Em relação a alguns, o tempo demonstrou que a suspeita era correta; quanto aos outros, infelizmente, os perdi em decorrência de uma avaliação intempestiva.

Para terminar, Annerl, siga em frente e comece desde hoje a conviver com minha ausência. Todos necessitarão de você.

Carinhos, de seu Papai.

***

Finalmente, após as negociações da Princesa e, posteriormente, as do embaixador dos EUA na França William Bullitt e de outros amigos, os passaportes foram devolvidos. Olhei os documentos e notei que não eram os mesmos que tinham sido confiscados. Os novos passaportes eram expedidos pelo Reich e adornados com a suástica.

Princesa Marie Bonaparte com seu cachorro

Nesse mesmo dia, observei que as janelas de meus vizinhos de rua estavam enfeitadas com umas bandeiras que também traziam no centro a suástica. Inegavelmente, a Áustria tinha aceitado a anexação com orgulho. Concluí que minha presença naquela rua, em Viena ou na Áustria era impossível e indesejada.

As idas e vindas com relação à liberação da viagem eram, de certa forma, esperadas. Nas minhas reflexões, sabia que a burocracia era uma das filhas diletas da paranoia. Somente no início de junho a Gestapo liberou o *Unbedenklichkeitserklärung*. Junto à liberação, apresentaram uma carta em que estava declarado que eu havia sido muito bem tratado pela Gestapo. Solicitei uma caneta emprestada a um dos soldados, assinei sobre a mesa e, ao mesmo tempo, lhes disse que gostaria, se possível, de acrescentar à carta de próprio punho algumas palavras de ênfase. Assim, escrevi que ninguém duvidasse de que eu tinha sido muito bem tratado pela Gestapo e ainda que a recomendaria a todos. Minha provocação e ironia não foram entendidas pelas "autoridades". Felizmente.

Minha preocupação, dali em diante, era assegurar que minha coleção de antiguidades fosse adequadamente embalada. Restavam ainda informações sobre a libertação de minhas irmãs. Um oficial da Gestapo tinha antecipado grosseiramente para a Princesa que isso não seria fácil. Ela me disse que a arrogância dos invasores aumentava a ponto de sua influência política ser levada cada vez menos em consideração.

Finalmente, no sábado, 4 de junho, eu, Martha, Anna, Dra. Stross, Paula e Lün tomamos dois táxis na Bergasse e pedimos que nos deixassem na Westbahnhof, distante mais ou menos cinco quilômetros. Entrei no táxi e, pela última vez na vida, olhei para o prédio onde havia trabalhado por várias décadas. À medida que os táxis percorriam as ruas de Viena, pude observar que em muitas casas e lojas, nas bandeiras estendidas nos parapeitos das janelas, tremulava a suástica. Viena tinha

Vilma Kovacs, Dorothy Burlingham e Anna Freud – foto Edward Bibring

aderido em massa à nova concepção de homem, de raça e de política. A maioria parecia viver um irreprimível sentimento de orgulho quando ostentava as bandeiras nazistas.

Muitos amigos consideravam que eu avaliava inadequadamente os riscos de minha permanência na cidade. Sempre discordei. No caminho até à estação ferroviária lembrei-me de algumas palavras messiânicas de Hitler no verão passado e achei que, realmente, tinha me equivocado na avaliação das ambições dele e de seus generais. Num discurso, do qual não me esqueci, ele disse: "Quando volto os olhos para os cinco anos que ficaram para trás, posso dizer esta não foi uma obra de mãos humanas apenas. (...) É o milagre da era que me tenhais encontrado entre tantos milhões. E eu vos encontrei, essa é a ventura da Alemanha (...) Não agirei; esperarei, não importa o que aconteça. Mas se a voz falar, então saberei que é chegada a hora de agir". Saio do devaneio, ou recordação, com um sobressalto. Agora acredito! Chegamos à estação ferroviária pouco antes das 15h00 para embarcarmos no Expresso Oriente, procedente de Istambul com destino a Paris. Infelizmente, não pude contar com a companhia da Princesa Marie ao longo da viagem. Ela esperaria por nós na França. Minha cunhada Minna, que havia obtido o visto de saída no mês anterior, fora para a Suíça com Dorothy Burlingham e chegaria a Londres pela mesma época.

Havia uma multidão no saguão da estação ferroviária e, quando desci do táxi, notei que as pessoas estavam curiosas e me olhavam, algumas com expressão de admiração e outras com desdém. Intimamente, torci para que o trem estivesse na plataforma e pudéssemos nos acomodar rapidamente. Com dificuldade para andar e apoiando-me com força na bengala, para meu alívio avistei o trem — rodeado de pessoas que, sem nenhuma dúvida, não estavam ali para embarcar. Sem que eu atentasse de onde surgiam, algumas delas passaram à minha frente e se encarregaram de fazer um corredor humano por onde passei, andando o mais depressa que pude e sem olhar para os lados. Quando vi à minha frente a porta do vagão aberta e a pequena escada, pela primeira vez, depois de inúmeras viagens de trem, minhas pernas tremeram. Estava emocionado, pois sabia que nunca mais pisaria em solo austríaco.

Duas cabines estavam reservadas para a minha família. Na primeira, acomodamo-nos eu, Martha, Anna e Lün, a cadela chow; na outra, a Dra. Josephine Stross e Paula. O tempo de parada na estação de Viena era de poucos minutos, mas, em situações como aquela, a espera pareceu-me infinita.

Exatamente às 15h25, o trem começou a se movimentar. Com as cortinas da cabine descidas, eu não conseguia respirar aliviado como tinha imaginado. Adiante ainda teríamos que enfrentar a estação de Salzburg e a de Munique, exatamente onde se localizava o campo de concentração de Dachau. Após a partida, Anna me disse que estávamos, discretamente, sendo acompanhados por um funcionário da embaixada americana que deveria prestar ajuda em caso de qualquer eventualidade.

Durante o trajeto em território austríaco, e depois alemão, não tive vontade de falar. Na cabine, reinava o silêncio e uma grande apreensão e expectativa. Alguns minutos antes das quatro horas da manhã de domingo, notei que o trem diminuía a velocidade, indicando uma parada. Imaginei uma parada técnica mas, ao mesmo tempo, sabia que ainda estávamos na Alemanha.

O trem parou e, através das cortinas, vi um grupo de soldados de uniforme alemão. Falavam em voz alta e pelo que pude entender os assuntos eram irrelevantes. O trem lentamente reiniciou seus movimentos e cruzou a ponte sobre o Reno, a ponte Kehl. Parou logo em seguida, e mais uma vez entrevi soldados, agora com uniformes nas cores azul, branca e vermelha. Alguém bateu à porta da cabine, Anna se levantou e abriu. Entrou um soldado francês que solicitou os passaportes. Consultou atentamente cada página, nos olhou, disse algo em francês, que não tive interesse em entender, nos saudou e saiu. Fez o mesmo na cabine ao lado.

A locomotiva retomou sua marcha e cruzou a fronteira. Nesse momento, voltei a respirar normalmente e disse, pela primeira vez em voz alta nas últimas doze horas: estamos livres!

Minha trajetória de escritor, por vezes hesitante, teve início com *A interpretação dos sonhos*, minha obra clássica — a que dei o apelido de *O livro egípcio dos sonhos* —, onde me debruço por mais de quinhentas páginas sobre os meus próprios e os analiso com a profundidade possível — todos mais ou menos relacionados à morte, muitos à morte de meu pai. Em *Moisés e o monoteísmo*, um de meus últimos livros, atenho-me também à "morte" de Moisés. A morte, sempre a morte.

***

Durante anos, cultivei uma admiração secreta por Arthur Schnitzler, escritor austríaco que considero meu "duplo" e que em suas novelas desvela fatos sobre o psiquismo humano que demorei anos para entender, e jamais de forma satisfatória. Algum tempo antes do meu diagnóstico de carcinoma no palato, escrevi a ele uma carta em que disse: "Suas preocupações com as verdades do inconsciente e com os impulsos instintivos do homem, a dissecação que o senhor faz dos dogmas em que se fundam as convenções e a cultura, a insistência das suas reflexões sobre a polaridade do amor e da morte, tudo isso me comoveu com inquietante familiaridade. (...) De modo que criei a impressão de que o senhor sabe, pela intuição — ou, antes, em virtude de minuciosa observação — tudo que descobri mediante laborioso trabalho com outras pessoas."

Como aprendiz de escritor, constato que, muitas vezes, construí reflexões quase sempre complementares — por exemplo, os textos sobre a teoria psicanalítica, em que busco exercer todo o rigor científico, e as cartas dirigidas aos amigos e colegas confidentes. Neste último caso, encontro em mim um poeta que, livre das amarras e convenções da ciência, dá livre curso à imaginação criadora, aos afetos e elucubrações, emprestando ao texto a maior elegância possível; às minhas obras técnicas procuro emprestar coerência ou consistência acadêmica. Minhas cartas, de um lado, e os textos técnicos de outro, me aproximam do ser humano — que vive seus afetos intensamente — e mostram aquele cientista que ilustra seu método, comparável ao artista que faz uso do cinzel.

Na vida, elegi muitos correspondentes. A troca intensa de cartas instaurou uma espécie de dialética; tive a oportunidade de expor ideias e submetê-las a alguém a quem admirava ou a quem respeitava intelectualmente. Ouvia críticas, concordâncias e incentivos, que, por sua vez, induziam a novas reflexões e revisões. Tudo começou de maneira sistemática com Wilhelm Fliess, quando eu tentava criar, em meus primeiros escritos, um Projeto para uma Psicologia Científica. Este hábito perdura.

***

Depois da travessia da fronteira, adormeci. Sonhei que corria para tomar um trem, mas, quando chego à estação, ele

já havia partido. Acordei, cansado e angustiado. Pensei na contradição entre o meu sonho e a viagem que estava fazendo: escrevi em algum lugar que sonhar com "perder o trem" poderia significar preocupação com a morte, e pelo menos naquela noite devia admitir que o trem representava, no mínimo, o prolongamento da vida.

Freud e Anna chegam à Gare de L'Est, em Paris

Na manhã de domingo, cinco de junho, chegamos a Paris — uma cidade pela qual nutria um afeto especial. Após minha formação médica, fui agraciado com uma bolsa pelo médico e professor Charcot, e com suas pesquisas sobre hipnotismo, ensinamentos e reflexões, aprendi algo que tive a oportunidade de repetir pela vida afora: não somos senhores de nossa própria casa.

Após o período em que frequentei a Salpêtrière, nunca mais me considerei médico, pelo menos, não um médico que acredita que todo o sofrimento humano tem sua origem no corpo. A alma abriga contradições inevitáveis, mais presentes no cotidiano do que poderíamos supor ou desejar. Mais tarde, descobri que essas contradições, além de sua natureza inefável, inventam novos mundos, e que essas invenções exigem e devem ser levadas em consideração: ganham existência e devem ser ouvidas, e não confrontadas pela lógica — um trabalho que em nada se assemelha ao de acareação realizado por um policial.

Em Paris, na Gare de L'Est, estavam nos aguardando a Princesa Marie Bonaparte, William Bullitt e meu filho Ernst. Além desses amigos, havia um grande número de jornalistas: a Princesa e Bullitt, além de claramente estarem ajudando com meu exílio, estavam, também, procurando dar destaque jornalístico à ocorrência, com a compreensível finalidade política de facilitar a libertação de outros judeus aumentando a pressão internacional. Imediatamente após o desembarque, entramos em dois carros muito mais confortáveis do que aqueles de Viena. O programa consistia em descansarmos na mansão da Princesa Marie e, à noite, continuarmos a viagem para Calais. Atravessaríamos no *ferry-boat* o Canal da Mancha e chegaríamos a Dover, na Inglaterra.

A satisfação da Princesa era visível. Agia como alguém que tinha realizado uma façanha heroica e, ao mesmo tempo, seus gestos e palavras estavam sempre expressando uma espécie de gratidão, que se estendia além da minha pessoa e alcançava todos da minha família, inclusive Paula. O tratamento que recebemos na casa dela durante a nossa curta permanência foi inesquecível. Lá permanecemos por doze horas.

Durante a noite, atravessamos o Canal da Mancha. O mar estava calmo, e minha alma o imitava. Quando amanheceu, chegamos a Dover. Não pude deixar de sentir o cheiro forte da maresia quando o *ferry-boat* atracou. Apenas um pequeno trajeto me separava do novo lar. Aos dezenove anos, tinha visitado a Inglaterra pela primeira vez e me apaixonado pelo país e suas tradições; nesta idade, estava mais uma vez impressionado pelas ideias antimonarquistas de Oliver Cromwell, que era também favorável à plena aceitação dos judeus em solo inglês.

Quando me submeti aos procedimentos de fronteira recebi a informação de que minha bagagem fora dispensada dos exames rotineiros, por ter sido considerada diplomática. Na verdade, a partir da minha saída de Viena recebi favores e atenções que jamais poderia imaginar, cujas origens não poderia identificar.

LONDRES

A última parada seria em Victoria Station. O trem corria e me fazia sentir uma sensação de liberdade que desde há muito não experimentava. O tempo, à medida que nos aproximávamos de Londres, se apresentava surpreendentemente claro, e eu soube que as chuvas estavam previstas apenas para as regiões norte e leste. A passagem do trem pelos subúrbios da capital me emocionava e trazia recordações de minha adolescência. Finalmente, a composição começou a diminuir a velocidade e, ao longe, vislumbrei o terminal leste da estação, cuja construção tinha sido finalizada no final do século anterior. Após o início dos conflitos armados, soube que as operações integradas entre o transporte marítimo e ferroviário tinham sido interrompidas.

Chegamos a Londres no final da manhã de seis de junho de 1938, um domingo ensolarado. Meu estado de espírito refletia a luminosidade do dia. A direção da companhia de transportes ferroviários transferiu nossa plataforma de desembarque na última hora, para evitar, mais uma vez, um grande grupo de pessoas interessadas na chegada ao exílio do criador da Psicanálise. Quando desci do vagão, após meus familiares, olhei para o teto da estação e me admirei que tivesse aproximadamente 30 metros de altura, com vidros compondo claraboias em alguns lugares do telhado. As colunas de sustentação refletiam o estilo arquitetônico inglês. Observei, também, o voo de vários pombos indo e vindo dentro do imenso galpão. Os pássaros se sentiam em casa e protegidos.

Logo entrevi, dentre os que desciam ou subiam ao vagão, as pessoas que vinham nos recepcionar: meus filhos Mathilde e Martin, Ernest Jones e sua esposa. A emoção que eu vinha sentindo durante os últimos dias aumentava, e percebia, nos olhos das pessoas queridas, sentimentos análogos.

Mathilde, Freud, Jones e Lucie Freud

Acompanhei-os até a entrada da estação onde nos esperavam três táxis com as portas abertas. Entrei naquele que estava mais à frente com Martha, Ernest e sua mulher. O segundo e o terceiro veículos foram ocupados por Anna, Dra. Stross, Mathilde, Martin, Paula e Lün, mais as bagagens.

Ernest Jones nos informou que a casa onde iríamos viver provisoriamente situava-se ao norte de Londres, próxima do parque Primrose Hill, uma região extremamente aprazível e residencial. Adiantou que gostaria de sugerir um pequeno passeio por alguns pontos da cidade, enquanto nos dirigíamos para a casa de número 139 na Elsworthy Road. Naquele momento, não saberia dizer se meu cansaço era físico ou psicológico. Concordei com a sugestão.

Imediatamente após sairmos da Victoria Station alcançamos o Palácio de Buckingham, residência oficial do Rei George VI, e nosso guia nos apontou em seguida a Downing Street 10, onde possivelmente estaria o Primeiro-Ministro Neville Chamberlain coordenando intensas negociações diplomáticas que, conforme soubemos posteriormente, estavam condenadas ao fracasso. Atravessamos a famosa Trafalgar Square e encarei demoradamente a National Gallery, local que seguramente pretendia visitar várias vezes, se minha saúde o permitisse. Contornamos o Piccadily Circus, tomamos a Regent Street e cruzamos o Regent's Park. A vizinhança nos mostrava residências tipicamente inglesas, rodeadas por belos gramados que tomavam conta da paisagem. Após algum tempo, os carros pararam, e estávamos em frente à nossa nova casa, que, aliás, me agradou o olhar. Sem dúvida, tratava-se de uma bela e confortável moradia que me faria esquecer o velho sobrado da Bergasse.

Ávido para escrever e registrar minhas experiências, decidi, ainda sem papel próprio para cartas, comunicar a algumas pessoas nosso novo endereço. Escrevi para meu velho amigo e colega Max Eitingon, que também tinha abandonado Berlim e residia em Jerusalém. Foi minha primeira carta escrita na Elsworthy. Desejoso de contar as novidades, naquele momento quase todas boas, falei da minha recepção em Paris pela Princesa Marie Bonaparte, o dia memorável que passamos em sua casa, e também da chegada a Londres, pela terceira e última vez em minha vida. Minna estava muito doente, e esse era um fato desalentador. No final da carta, confessei a Eitingon que tinha preferido relatar fatos mais ou menos triviais, pois "o clima emocional destes dias é difícil de apreender, quase indescritível. O sentimento de triunfo por ter sido libertado está muito fortemente ligado com a dor, pois, a despeito de tudo, amei muito a prisão da qual fui solto. O encantamento do novo ambiente (que nos faz querer gritar: *Heil, Hitler!*) está misturado ao descontentamento causado por pequenas singularidades do estranho ambiente; as felizes prelibações de uma nova vida são amortecidas pela pergunta: por quanto tempo um coração fatigado conseguirá realizar qualquer trabalho?"

Um fato curioso: tão logo cheguei à Elsworthy encontrei uma carta da Sra. Melanie Klein. Ela saudava minha chegada a Londres e dizia que nos encontraríamos em breve. Respondi imediatamente. Esse encontro jamais ocorreu.

***

A euforia reinante na Áustria após a anexação contrastava com o desânimo na Inglaterra. Eu assistia à manifestação de duas formas de patriotismo e arrisquei algumas comparações. A liderança exercida por Hitler sobre o povo alemão era completamente diferente daquela que vinha sendo exercida na política inglesa por Churchill. Contrastando com o teatro idealizador orquestrado pelos assessores de Hitler em função de sua figura, Churchill, que em nenhum momento negou sua ambição política, mesmo sem abandonar a legendária fleuma britânica arrebatou corações e almas e conclamou todos os cidadãos à luta. Ambos faziam uso da retórica, mas enquanto o arrebatamento das multidões por Hitler se devia, exclusivamente, à sua histeria e aos gestos estudados e exagerados, a liderança de Churchill brotava da sobriedade e preocupação com os valores ligados à sustentação do Reino Unido e seu povo, atitude que ultrapassava um desejo puramente narcísico. Os discursos inflamados e peremptórios de Hitler traziam um forte conteúdo egocêntrico: falava para si próprio e sobre sua ambição pessoal, discursava em causa própria; o povo alemão vinha depois. As falas de Churchill se voltavam para o povo que o ouvia; sua ambição não era agredir quem quer que fosse, mas proteger a nação.

Quando Hitler chegou ao poder, costumava dizer que a vingança dos índios contra o branco, por terem sido iniciados no uso do álcool, era o tabaco — uma forma de justificar o preconceito que o levou a proibir o uso do cigarro pelos soldados e em locais públicos, argumentando que os males físicos decorrentes do fumo deterioravam a raça ariana. Em algumas situações e lugares — os guetos, por exemplo — incentivou a distribuição gratuita de cigarros para os não-arianos que os desejassem.

***

No início das minhas descobertas, publiquei um texto que foi traduzido por James Strachey com o título *Screen memories*. O trabalho trata da função dos mecanismos da retenção dos fatos na memória. Mais recentemente, observo que meus colegas tendem a considerar as lembranças do passado, mais ou menos remotas, como detentoras de uma natureza defensiva, como se os fatos evocados no presente agissem como uma espécie de camuflagem de outros acontecimentos, estes sim, reais; como se a narrativa coerente fosse defensiva e encobridora dos "fatos" verdadeiros.

Atualmente considero essa avaliação equivocada. Proponho mudarmos essa perspectiva e abdicarmos da ilusão mecanicista de que encontraremos os fatos "originais" — que a qualquer momento podem vir à luz — depositados em algum lugar do psiquismo, e quero dizer que, revendo minha posição, constato que se trata de uma reminiscência do modelo arqueológico, no qual muitas vezes me baseei.

Arrisco dizer que o viés costumeiro, em que distinções

clássicas e conhecidas catapultam os eventos significativos de nossa existência para o passado, presente ou futuro, é equivocado. Para a Psicanálise, essas distinções acabam por criar problemas, pois antepõem questões gnosiológicas ao trabalho psicanalítico e, no fim das contas, não oferecem alternativas para o entendimento da mente. O psiquismo, especialmente a instância inconsciente, não atende ao calendário ou ao relógio humano. Outras instâncias organizam os fatos psicológicos; fazem uso de classificações espaciais e temporais e, às vezes, concordam. A fala que nos é apresentada via narrativa do paciente, naturalmente faz parte do presente, ainda que, pressupostamente, tenha sua origem num passado ou futuro mais ou menos remoto. A presença da dimensão temporal e/ou espacial na narrativa está, obviamente, ligada a um fragmento de um fato passado significativo. De qualquer forma, um único fato — tenha "ocorrido" no passado, presente ou futuro — tem seu surgimento na narrativa visando atender, exclusivamente, aos desejos do falante. Nada mais.

Assim, não existe critério que possibilite ao analista distinguir quais fragmentos ouvidos são "verdadeiros" diante daqueles que acreditamos possuírem função meramente encobridora. Esses critérios somente são concebíveis a partir do falante. A insistência em fazer valer a interpretação do analista, a qualquer custo, se situa a meio caminho daquilo que já denominei análise selvagem, qual seja, comentários alimentados por teorias preconcebidas, crenças e valores presididos pela figura de autoridade encarnada pelo "dono do saber".

***

O cansaço me venceu e fui dormir. Estranhei a cama, que era incomparavelmente mais confortável do que a do trem. Dormi e não consegui nem mesmo me alimentar. Acordei no dia sete de junho e, para minha surpresa, Paula já havia providenciado os jornais. Todos noticiavam, calorosamente, minha chegada para fixar residência em Londres. O jornal *The Times* dizia, em uma nota, que no dia anterior havia chegado a Londres o professor Sigmund Freud, vindo de Paris, e que a partir daquela data viveria em Londres, após tê-la visitado há 62 anos. Dizia, ainda, que eu contava 82 anos de idade e vinha acompanhado pela esposa Martha, a filha Anna, minha principal colaboradora, e o filho Martin, advogado e editor da *International Psychoanalytic Publishing House*, interditada pelos alemães. Os filhos Mathilde e Ernst já se haviam instalado na Inglaterra. O jornal afirmava, também, que "o professor Freud havia 'abandonado toda a sua fortuna', deixando-a para as autoridades austríacas e nazistas. Havia recebido ajuda de vários amigos e colegas na obtenção do visto de saída do país e trouxera consigo livros e uma coleção de peças antigas, que considerava sua maior fortuna."

Minha agenda, controlada por Annerl, foi modificada e ampliada para abrir espaço para pessoas importantes. Muitas vezes eu sentia uma grande expectativa e prazer em recebê-las. Outras, nem tanto. Logo pude notar que grande parte dos visitantes não pertencia aos meios psicanalíticos; eram intelectuais, artistas e escritores que não possuíam nenhum interesse na ciência da Psicanálise. Dentre as visitas que recebi naqueles dias, tive o prazer de conversar longamente com H. G. Wells, um grande escritor inglês, com quem já me encontrara no passado.

Os primeiros dias em Londres foram quase festivos, impregnados por uma onda de otimismo, mas sempre procurei manter o senso crítico e a lucidez. Escrevi a meu irmão, falando-lhe das homenagens que vinha recebendo, vindas de todas as partes e das pessoas mais diferentes. Essas homenagens, quase sempre, eram acompanhadas de frutas e confeitos.

Algumas cartas pretendiam que eu deixasse de ser um incréu, pois minha libertação era um fato que, por si só, atestava um milagre. Conclui minha carta para Alexander dizendo que, pela primeira vez, e tardiamente na vida, estava experimentando a sensação de ser famoso.

No dia 23 de junho, um grupo de representantes da Real Sociedade Britânica foi até minha casa com o livro onde estava registrada a assinatura de seus membros ilustres. A visita, prerrogativa exclusiva de monarcas, tinha por finalidade colher minha assinatura como membro honorário. Constatei que no livro estavam apostas as assinaturas de Isaac Newton e Charles Darwin: desnecessário dizer que este fato se constituiu em motivo de muita vaidade pessoal. A cerimônia de assinatura foi testemunhada pela Princesa Marie Bonaparte, que até mesmo filmou o acontecimento, e por minha filha Anna.

Se bem me lembro, ainda nesse mês Ernst adquiriu e deu início à reforma de uma casa no número 20 de Maresfield Gardens, situada também ao norte de Londres, onde eu viveria meus últimos dias. Não falava com as pessoas sobre o assunto, apesar de perceber que todos estavam pensando a mesma coisa. Mais uma ironia: eu, Sigmund Freud, sabia que daquele tema não deveria falar, nem desejava fazê-lo. Estava me rendendo à evidência de que, algumas vezes, é melhor falar pouco ou nada.

Outra visita que recebi nesses dias foi a do meu amigo Stefan Zweig, acompanhado de um pintor espanhol extravagante, Salvador Dali, sua esposa Gala e um milionário. No dia seguinte, escrevi para Zweig agradecendo a visita. Na carta, disse-lhe que achava que os surrealistas vinham me considerando um santo padroeiro. Confesso que tinha preconceito com relação aos surrealistas, mas meu contato com Dali fez com que eu reconsiderasse minha opinião. O outro visitante dizia-se candidato à análise; dissera a Zweig que as intenções de alguém à análise deveriam ser testadas — algo como se a Psicanálise fosse uma mulher que quer ser seduzida, mas sabe que será subestimada a menos que ofereça alguma resistência.

Após definir minha residência em Londres, considerei prudente modificar meu testamento. Assim, no final de julho de 1938, além de alguns detalhes de menor importância e a despeito de perceber alguma insatisfação por parte de Anna, leguei todos os direitos autorais de meus livros aos meus netos. Minha coleção de antiguidades e minha biblioteca ficariam para ela. Penso que, devido à sua proximidade cada vez mais intensa, afetiva e intelectual, naturalmente se sentia com mais direitos.

***

Alguns acontecimentos tiveram lugar durante o mês de setembro. Saímos da Elsworthy e ficamos hospedados provisoriamente num pequeno hotel, de nome Esplanade, situado no número 2 da Warrington Crescent, em Maida Vale, enquanto eram finalizadas as reformas na futura residência em Maresfield Gardens. O acesso ao hotel era fácil, bastando que descêssemos do metrô na estação da Warwick Avenue. Considerando minha debilidade física, Anna contratou um táxi. Quando chegamos, detive-me por alguns minutos observando a fachada, enquanto, apoiado numa bengala, conversava com Anna sobre o conforto das instalações e a qualidade dos alimentos na Inglaterra. Tinha sido prevenido sobre a falta de sabor da cozinha inglesa.

Conversávamos, quando, curiosamente, Anna me contou que aquele hotel tinha um currículo diversificado. Havia sido construído em 1865 e, em 1880, fora transformado em escola de economia doméstica para jovens mulheres. Alguns anos depois foi convertido em hospital-maternidade e mantido pela igreja metodista. No edifício foi inaugurado o primeiro elevador de Londres, e, finalmente, disse-me Anna, em 1912 havia nascido naquele prédio o famoso Alan Turing, matemático brilhante que, exatamente naqueles dias, estava chegando a Londres vindo dos EUA para auxiliar o governo inglês na decifração dos códigos utilizados pelos alemães na transmissão de suas mensagens criptografadas. Anna completou seu relato dizendo que eu e Turing tínhamos em comum o ofício de decifrar códigos ou enigmas. Respondi que esse aspecto em comum era superficial: os enigmas que desde sempre me ocuparam não são palpáveis e, muitas vezes, suas soluções — se as têm — apresentam muitas faces ou interpretações, enquanto os de Turing eram objetivos, sua decifração visando ganhar guerras. As guerras das quais me ocupava eram íntimas, seus campos de batalha localizados no terreno subjetivo.

Permaneci neste hotel por vários dias durante o mês de setembro e conservo a lembrança de que ocupava o quarto 17. Outro fato também inesquecível foi que, durante esse mês, fui submetido a mais uma cirurgia realizada pelo Dr. Pichler, que veio especialmente de Viena e viajou de volta para a Áustria já no dia seguinte. A intervenção foi radical, e os exames realizados acusaram que as lesões eram cancerosas. A partir de então, tornou-se cada vez mais difícil comer, fumar e falar.

No dia 16 de setembro, a reforma da Maresfield Gardens foi definitivamente concluída; Martha e Paula se mudaram para lá ao mesmo tempo em que a crise de Munique atingia seu ponto culminante: Hitler e Mussolini se encontraram e decidiram se apropriar do mundo. Minna se juntou a nós, e teve início sua lenta e dolorosa recuperação. Quando entrei na casa da Maresfield Gardens, no dia 27 de setembro, encenei novamente uma saudação nazista que provocou susto e, logo após, risos; todos compreenderam que eu estava festejando a liberdade graças a Adolf Hitler.

20, Maresfield Gardens, Londres, N.W.3
02.10.1938

Minha amada e severa princesinha,

Como você poderá ver, as palavras que se seguem têm a forma de uma carta, muito semelhante àquelas que lhe escrevia há muitos anos. Mas devo-lhe dizer que minha intenção não é trocar informações, nem mesmo lhe dar notícias. Estamos vivendo, como sempre desde o casamento, sob o mesmo teto. Aproveito o tempo em que não estou com pacientes ou estudando para escrever-lhe uma espécie de declaração amorosa. Procuro fazer uma retrospectiva de nossa vida e daqueles fatos que acabaram por nos aproximar e, às vezes, nos distanciar um do outro.

Não é segredo que estou vivendo meus últimos dias, e observo a dedicação quase silenciosa de cada pessoa nesta casa. Ao longo da minha vida, dediquei-me, entre outras coisas, a escrever e responder cartas. Esse meu hábito, admito, ganhou fluência durante nosso namoro e noivado, fosse quando você estava em Hamburgo, fosse quando morei em Paris.

Esta carta pretende plasmar os acontecimentos de nossa vida em comum. Lembro-me nitidamente de que, no início, nossas cartas eram apaixonadas. Desde que nos conhecemos até o casamento, escrevi-lhe, talvez, mais de cem cartas; muitos fatos aconteceram, muitas dores e prazeres foram compartilhados. Nestes dias, estamos convivendo com a volta de Minna para nossa casa, assistindo, infelizmente, à deterioração da saúde dela.

Gostaria de registrar os primeiros momentos que acabaram por nos aproximar. Sua permanência em Hamburgo, se é verdade que facilitou as trocas de cartas e uma intimidade crescente, me fez saber igualmente que sua mãe apostava que a distância culminasse com nossa separação. Minha insistência

Sigmund e Martha Freud

resultou nessa grande quantidade de cartas que, hoje entendo melhor, estavam a serviço de impedir qualquer forma de distanciamento. Da mesma maneira, nosso noivado dava-me uma espécie de segurança a respeito de seu comprometimento. Durante o noivado e através das cartas, fiz muitas promessas e planos. Mais tarde, admito, não consegui cumprir muitas das promessas feitas.

Entendo que sua mãe não encarasse com bons olhos nossa união. Se considerarmos a história de seu pai, seus sucessos e fracassos, seria natural que ela vislumbrasse para sua filha uma pessoa que lhe garantisse uma vida melhor, conforto e alguma forma de aceitação social num ambiente que, sempre soubemos, era hostil aos menos favorecidos e principalmente aos judeus. Minha vida profissional e projeto científico foram resultado de um monumental esforço de superação dessas barreiras que me apareciam, ora de forma clara, ora de maneira velada.

Minhas declarações de amor eram quase irritantes. Pecavam pelo excesso, enquanto as suas manifestações eram contidas. Naqueles dias, imaginava que seu amor por mim era "menor" do que meu amor por você. Atualmente sei que, quando insistia em me declarar, estava ansiosamente esperando que na próxima carta você fizesse o mesmo, e com a mesma ênfase. Você se lembra da frequência com que me dizia que eu tinha talento para provocar constantemente sua resistência? Como sempre brigávamos, e você nunca cedia? Éramos duas pessoas que divergiam em cada detalhe da vida e, não obstante, estávamos decididos a nos amar. Durante aquele tempo, percebia que você raramente tomava meu partido, e chegou a dizer que eu não tinha nenhuma influência em sua vida. Foi doloroso ouvir essa verdade naquela época. Depois de meio século, sei que sua atitude era mais madura e realista. Você, de Hamburgo, me provocava e me fazia testar as provas de sua paixão.

Depois, houve minha estada em Paris com o mestre Charcot. Eu havia decidido aprender o máximo num período mínimo e me preparar para voltar, e tê-la definitivamente. Não consegui viver na Cidade-Luz plenamente. No tempo de que dispunha para o lazer dedicava-me a escrever cartas — para você, principalmente — e a usar pitadas de cocaína. Em algumas festas ou reuniões na casa dos professores, sentia o clima insuportável e, então, a cocaína foi de grande ajuda.

Meus pensamentos, enquanto estudava, estavam fixados no desejo de vencer profissionalmente pela criação de um novo método de tratamento de neuróticos. Ao mesmo tempo, buscava amealhar dinheiro que possibilitasse nosso casamento.

Lembra-se de quando sugeri que lesse o Dom Quixote? Tinha acabado de concluir minha leitura, que insisti em fazer em espanhol. Minha voracidade para aprender línguas dava a medida de minha ambição: sonhava em ser reconhecido em todos os continentes. Não pude deixar de ver em sua pessoa a Dulcineia. Em muitos momentos, pude contar com você a meu lado; minhas preocupações chegaram a atingir o meu corpo e até mesmo escondi de você minha miocardite, para não preocupá-la.

Após certo tempo, dei-me conta de uma baixa na libido e do pouco interesse sexual. Mesmo assim, tivemos seis filhos. Quando você ficou grávida de Anna, eu me surpreendi, pois considerava que deveríamos ser mais realistas quanto a uma família numerosa. Assim, quando decidi escrever A interpretação dos sonhos, decidimos que nosso método contraceptivo seria a *abstenção. Compreendo que após seis gestações era pouco possível que você conseguisse ficar relaxada e entusiasmada com seu parceiro sexual, especialmente se ele não tolerava o uso de contraceptivos.*

Algumas de nossas dificuldades se manifestaram quando,

Freud, Martha e Minna

em 1896, fui com meu irmão à Itália e você viajou com sua mãe para Hamburgo. Talvez necessitássemos de certo distanciamento. Nessa época, recebemos em nossa casa sua irmã Minna, enlutada com a perda do noivo. Aos poucos, Minna se tornou parte integrante da família, o que inegavelmente provocou alguns problemas no relacionamento entre nós e com nossos filhos. Eu diria que sua presença trouxe, também, enormes ganhos para o grupo familiar. Lembro-me de que você fazia alguns comentários ciumentos sobre meu relacionamento com Minna, mas sei que tudo passou e se resolveu da melhor forma.

Tenho consciência de que minha participação na educação e orientação de nossos filhos foi pequena. Eu alegava que o tempo de que dispunha deveria ser dedicado ao trabalho, caberia a você cuidar das tarefas domésticas. Admito, sinceramente, minha omissão. Sua atuação com os nossos filhos era segura e firme. Entre me calar e me intrometer desajeitadamente, optei pela primeira solução.

Houve um desapontamento quando constatei que sua ligação com os nossos cães, meus e de Anna, era quase compulsória. Como cheguei a dizer: os cães são muito leais e sinceros, quando gostam, se aproximam, e quando desgostam, mordem. Os seres humanos não apresentam esse comportamento. A propósito, também acho que sua relação com Anna foi prejudicada desde o nascimento dela. Deveríamos ter tido mais um filho?

Sempre vivi uma grande contradição. Queria vencer profissionalmente, mas o preço seria conviver e sustentar uma vida social intensa. Incompatível. Nesse caso considerei que você esteve ao meu lado, seja por solidariedade ou porque tampouco gostava de hóspedes e visitas. Sempre suspeitei de que, apesar de procurar exercer com perfeição suas tarefas domésticas, você o fazia compulsoriamente e as via como maçantes. Não satisfaziam à moça tão vivaz de Hamburgo.

Minha ambição, pessoal e profissional, cada vez mais intensa, talvez tenha sido uma forma de compensar esses vazios. Martha, querida Martha, noto que o agravamento de minha doença a distanciou de mim. Gostaria de entender seu afastamento. Em contrapartida, facilitei ainda mais a proximidade de Anna. Nestes últimos tempos, considero a ajuda de Anna indispensável. Meu testamento torna evidente, como você sabe, minha gratidão à nossa filha e à minha colega.

Ao mesmo tempo, a participação de Minna em minhas teorizações foi muito importante. Você, mais de uma vez, referiu-se às minhas teorias como uma forma de pornografia sobre a qual se recusava a conversar. Certa vez, Anna me disse que você, Martha, acreditava em mim mas não na Psicanálise. E que você disse mais, que "as mulheres sempre costumam ter este tipo de problema [neurótico]; não vejo, porém, nenhuma necessidade da Psicanálise. Após a menopausa, se tornam tranquilas e resignadas". Seu recato e timidez se refletiam no relaciona-mento com sua mãe; e, nesse caso, saltava aos olhos a diferença da atitude de Minna, independente e afirmativa.

Nosso grande amigo, Ernst Simmel, disse-me uma vez que se tivesse uma esposa com as suas qualidades seria capaz de escrever os mesmos livros. Esse comentário traz um misto de admiração e ressentimento. Chego a me arrepender quando lembro que a maioria dos nomes de nossos filhos se deve a ami-zades que mantive no passado, do que se depreende que foram escolhidos por mim. Quem sabe suas escolhas poderiam ter sido melhores?

Sua importância em minha vida tornou-se evidente quando, em 1919, durante uma epidemia de pneumonia em Viena, você foi uma das que contraiu a infecção. A perspectiva de sua falta, ou até mesmo sua ausência no dia-a-dia da famí-lia, me deixaram extremamente inseguro. É inegável que estou falando da morte. Acho que sou hipocondríaco. Sempre o fui. Anos atrás cheguei a confidenciar a Fliess que nem mesmo você era sabedora de meus delírios de morte. Naquela ocasião, fanta-siava diversas maneiras de morrer, e agora sei que será comple-tamente diferente daquilo que imaginava.

A oposição surda que sua mãe fazia ao nosso casamento não foi suficiente para que eu a ouvisse. Ela desejava, com certa razão, um marido melhor para a filha, pois, apesar de não pos-suir condições econômicas estáveis — ou quem sabe até mesmo por essa razão — esperava que com o casamento pudesse ocorrer sua ascensão social, principalmente considerando-se que você pertenceu à comunidade judaica mais abastada de Hamburgo. Mais de uma vez ouvi que você e Minna, apesar de viverem em Viena durante décadas, nunca perderam o sotaque alemão sofisticado. As coisas se complicaram com a morte súbita de seu pai, ficando ao encargo de sua mãe a educação dos filhos. Você saiu de Hamburgo, mas Hamburgo nunca saiu de seu coração.

Desde o funeral de Sophie, nunca alimentei grande simpatia por Hamburgo; nunca me refiz dessa perda e me entristece quando me lembro de que fomos representados por Oliver e Ernst naquele sepultamento.

Voltando a Emmeline, repito que minhas relações com sua mãe nunca foram tranquilas, como você deve sempre ter notado. Tudo começou com o fato de ser ela judia ortodoxa, e meu ateísmo a incomodava. Quando ficou viúva, procurou manter a direção da casa com mãos de ferro, fato que aumentou, na minha opinião, sua divisão subjetiva: o noivo ou a própria mãe. Nem sequer as nossas cartas deveriam ser remetidas a nossos respectivos endereços para não correrem o risco de serem interceptadas.

No início de nosso relacionamento, causava-me ótima impressão seu interesse por Arte e Literatura e sua curiosidade pelos estudos que eu vinha realizando. Isso mudou. A propósito, recordo-me do caso do pintor Fritz Wahle, que, apesar de estar ligado a sua prima Elise, não perdia a chance de lhe fazer a corte. Sempre a considerei uma princesa, mas nunca estive certo de que seria o príncipe.

Naquela época, insistia em lhe enviar, todos os dias, uma rosa vermelha e um poema em latim, pretendendo, dessa forma, assegurar nossa realeza imaginária. Consegui. Casamo-nos, com atraso, em 13 de setembro de 1886.

Em Viena, surgiram as primeiras dificuldades. O apartamento na Bergasse era escuro, com pé-direito muito alto, assoalho antigo. E você conseguiu torná-lo mais confortável, aproveitando os móveis que trouxe de Hamburgo e com a compra de outros talhados em madeira escura, além de belos tapetes orientais, cristais e porcelanas. O romance e a poesia da vida em comum foram dilapidados, infelizmente, por uma administração quase militar da casa. As tensões decorrentes eram convertidas em enxaquecas que, desde a vinda de Paula, foram minimiza-

das por sua ajuda incansável. Nossa vida conjugal abandonou a fase lírica e entrou na fase épica. Mas, mesmo assim, não ouvi de seus lábios qualquer queixa. Seu comportamento na direção da casa evocava o provérbio judeu: "Deus não teria condições de fazer todas as coisas e estar em todos os lugares ao mesmo tempo; assim, criou a mulher."

Martha, esta carta tem a finalidade de ressaltar alguns pontos significativos da nossa vida. Nenhum dos fatos que mencionei é desconhecido. Quero manifestar, neste momento, minha gratidão por você ter ocupado na minha existência papel tão fundamental. Pude realizar muito, apenas porque você estava na coxia.

Finalmente, Martha, quero lhe pedir que, a despeito de suas convicções religiosas, quando eu morrer providenciasse minha cremação e, em seguida, depositasse minhas cinzas no vaso grego que me foi presenteado pela Princesa Marie Bonaparte no meu aniversário de 75 anos.

Adeus,
Seu sempre, Sigmund

***

Durante o mês de outubro, recebi uma carta do editor do jornal *Time and Tide* solicitando meu depoimento sobre o antissemitismo, que vinha aumentando até mesmo na Inglaterra. Possivelmente devido ao sentimento de frustração por saber que poderia ser alcançado até mesmo no meu último refúgio seguro, respondi à carta em novembro, com certa irritação. Fiz um curto comentário, no qual relatei as dezenas de anos que dediquei à ciência; falei da perseguição que eu e minha família havíamos sofrido e concluí, para justificar minha saída de Viena, lembrando um pequeno verso do poeta francês La Noue: "O rebuliço convém ao vaidoso/ A queixa cai bem no tolo/ O homem honesto, quando enganado/ Vai-se embora sem nada dizer."

Alguns dias depois de minha resposta ao editor, Anna entrou no escritório e disse-me que uma repórter pretendia marcar uma entrevista sobre a teoria psicanalítica e seu desenvolvimento. Parecia, segundo ela, tratar-se de uma pessoa profundamente interessada na Psicanálise, que conhecia um pouco da história e da teoria e, além disso, se submetia à análise. Após certa hesitação, a vaidade falou alto, e aceitei argumentando que essa entrevista poderia facilitar a recepção e acolhida da Psicanálise. Recebi a jornalista, conversamos sobre política e amenidades.

Era jovem, aparentava 35 anos, alta e com inesquecíveis bochechas avermelhadas. Decidi solicitar-lhe que me enviasse as perguntas por escrito, quando então trataria, igualmente, de respondê-las por escrito. Minha decisão de pedir que as perguntas me fossem enviadas previamente se devia a várias razões. Em primeiro lugar, antevia que as questões seriam genéricas do ponto de vista teórico e, possivelmente, resvalariam para aspectos de minha vida privada. Naqueles dias, não me encontrava em condições, e talvez nunca mais o estivesse, de responder a questões gerais. Com algum esforço, tentaria lembrar-me de dissidências; estava, francamente, deprimido, fraco e desestimulado, além de sentir uma grande dificuldade de falar e ser entendido. Temia, até mesmo, que nossa conversa se tornasse monotemática: o único tema seria a morte. Mas acreditava, ainda, que minhas respostas pudessem ajudar a esclarecer e sepultar definitivamente alguns aspectos do passado. Seguem as perguntas enviadas pela jornalista, pelo correio, e como as respondi:

Caro Professor, é inegável a minha satisfação em entre-

vistar um cientista de sua envergadura. Conheço alguns pontos suscitados pela teoria criada pelo senhor. Tenho conhecimento, também, da entrevista que dará na BBC nos próximos dias, além das dificuldades vividas pelo senhor, relacionadas à sua saúde. Após todos esses anos de extensa prática pessoal da Psicanálise, desde a época em que trabalhou com o Dr. Joseph Breuer, em Viena, até os dias atuais, indago: o que vem a ser a teoria psicanalítica, e em que consiste sua prática?

Antes de tudo, agradeço seu reconhecimento da precariedade de minhas condições físicas e psicológicas e, por isso, tentei facilitar respondendo por escrito. Como já tive oportunidade de fazer no passado, pretendo adotar deliberadamente um tom pedagógico, ou seja, imaginei a possível atitude do leitor tentando responder suas objeções *a priori*, antes que ele sequer as proferisse.

Entrevista à BBC em 1938

Sua indagação sobre o que vem a ser a teoria psicanalítica é por demais ampla. Ofereço-lhe, igualmente, uma resposta ampla. Considero que a teoria que venho criando repercute no cerne da concepção mesma do ser humano. Entendo que levar em conta os efeitos dessas incidências existenciais exige a explicitação de alguns pressupostos da Psicanálise. Na verdade, apesar de minhas descobertas e elaborações teóricas surgirem num contexto médico, visando tratar distúrbios neurológicos e psiquiátricos, logo se tornou inevitável repensar uma forma de organizar os dados provenientes de um consultório com a finalidade de alcançar certo grau de compreensão e respeitabilidade científicas.

Em outras palavras, os modelos então utilizados e colocados à disposição pela ciência acabaram por se demonstrar estreitos, e não conseguiam abrigar todas as complexas descobertas que os clínicos vinham fazendo. A teoria psicanalítica passou a exigir de seus pesquisadores o abandono de regras, princípios e métodos consagrados pela ciência vigente.

Por outro lado, tive muitas vezes a incômoda sensação de não estar realizando feitos ou descobertas de todo originais. Na verdade, estava sistematizando reflexões sobre a alma humana que tinham sido objeto de interesse de pensadores que me antecederam. Nesse caso, a teoria psicanalítica seria tão somente uma referência conceitual para fenômenos desde há muito conhecidos dos filósofos, artistas e escritores.

Quais as diferenças no que diz respeito à formação de conceitos teóricos entre a Psicanálise e as outras ciências?

Posto de forma simples, a Psicanálise está sustentada por dois pilares: a noção de conflito psíquico e sua técnica, ou seja, sua versão clínica. No caso da ideia de conflito psíquico, estamos falando de um arcabouço teórico que, em certo momento, denominei metapsicologia, em contraposição à metafísica tradicional. O psiquismo se revela aos estudiosos como uma arena, onde estão presentes forças direcionadas por "interesses" diversos, muitas vezes antagônicos. Assim, existem aquelas sobre as quais não temos controle, cuja origem está no limite entre o universo psíquico e o somático; outras que se devem à existência de regras e normas que garantem a continuidade das comunidades e sociedades humanas, mais ou menos organizadas; e, finalmente, aquelas que, para nossa insatisfação, demonstram que não somos senhores em nossa própria casa. A articulação dessas exigências ou pulsões, bem como o grau de consciência de que delas temos, constituem aquilo que passamos a denominar de metapsicologia. O resultado desse confronto de forças, ou, em outras palavras, seu Momento, ou Ponto de Equilíbrio, configura a neurose, a psicose ou a perversão, ou, se preferirmos, o sofrimento psíquico. No que diz respeito à técnica, considero que o pilar está assentado na linguagem. Nosso acesso a essas forças dinâmicas se faz mediante a expressão das emoções e afetos pela associação livre. O inconsciente, a principal delas, abriga afetos que desafiam o entendimento racional, principalmente se procurarmos situá-lo sob a égide de categorias temporais e/ou espaciais, tais como aquelas propostas pela lógica aristotélica. O pensamento lógico-racional perde sua prioridade quando se trata de compreender o mundo segundo sua dimensão existencial, e esta constatação produziu uma grande dificuldade de aceitação da teoria psicanalítica nos meios científicos convencionais. O lógico é inimigo do psicológico.

Outra noção psicanalítica que foi igualmente objeto de estranheza por parte do *Zeitgeist* foi a transferência. Em nossa vida cotidiana, frequentemente lidamos com uma pessoa ou objeto X, tratando-o como se fora Z. Entretanto essa insegurança frente à ambiguidade, à falta de uma definição clara e cartesiana do objeto, sempre atemorizou a ciência. Os analistas, é necessário enfatizar, dão muita importância à linguagem. Eu mesmo escrevi pelo menos um livro no qual me dediquei ao exame da linguagem e seus "equívocos". Está em seu nascedouro, nos tempos atuais, o conceito da teoria psicanalítica segundo o qual os fenômenos linguísticos são ouvidos como lamentos metafóricos. Quero encarar estas reflexões como projeções, meras projeções de um possível futuro para a minha teoria. Sinto-me velho e doente demais para tentar conferir novos rumos ao que estou pensando nestes dias.

Em outras palavras, não existe um objeto. Quando falamos, temos apenas a sensação e a expectativa permanentes de que seremos plenamente ouvidos e entendidos. Enfim, no caso da teoria psicanalítica, de maneira diversa das teorizações linguísticas emergentes, todas as comunicações são metafóricas. Ora, vale dizer que a ciência convencional não nutre nenhuma simpatia por um universo fenomênico tão desorganizado e imprevisível.

Algum escritor ou filósofo já se referiu às suas descobertas?

Não me ocorre de imediato qualquer referência explícita, porém muitos me anteciparam em suas reflexões. O filósofo Nietzsche escreveu em uma de suas obras: "Não é só a razão, mas também a consciência, que se submetem ao nosso instinto mais forte, ao tirano que habita em nós". É difícil discordar desse aforismo. E mais, outra reflexão do mesmo filósofo é pertinente: "No amor verdadeiro, a alma envolve o corpo". Cícero também disse: "Por absurdo que seja, nada existe que não tenha sido dito por alguém". Finalmente, Pascal, sobre a arrogância dos cientistas da objetividade: "Não se é miserável sem sentimento. Uma casa em ruínas não o é. Quando nos damos ao trabalho de entender essa miséria, acabamos por entendê-la".

O senhor já procurou identificar as diferenças entre suas ideias e as de outros pensadores?

Diante das pretensões que tive, quando se trata de criar uma teoria, 40 anos significam muito pouco, mesmo contando com a ajuda de dezenas de colegas dedicados e fiéis. Quando comecei, estava impregnado das formulações científicas da minha época e de minha formação com os Drs. Helmholtz e Brücke. Meu entendimento da natureza e, mais genericamente, da vida, era mecanicista; até hoje me considero um racionalista inveterado. Mas, como disse, minha experiência clínica me desafiou a rever alguns dos pilares que sustentavam minha prática. Apesar de no passado terem afirmado que a Psicanálise era uma espécie de remédio caseiro, atualmente dispomos de evidências de que a teoria psicanalítica apresenta para a ciência uma alternativa de interpretação inovadora dos sentimentos e sofrimentos humanos — que, definitivamente, não tem sua origem ou ponto de partida, nem mesmo seu peso científico, nas descrições exaustivas de fatos e acontecimentos objetivos ou mensuráveis; os fatos externos são secundários. A matéria bruta da qual se ocupa a Psicanálise é plástica, e seus resultados residem na permanente elaboração de estados subjetivos. Temos que admitir que esta maneira de fazer ciência acaba por ser uma fonte de equívocos e contradições. Na verdade, o ser humano traz consigo o germe da contradição, e as interpretações que tenta dar à vida me lembram muito a lenda da Hidra de Lerna. Transformar o ofício do analista em uma atividade que busca eliminar as contradições humanas equivaleria a liquidar a Psicanálise desde sua origem — algo como, diriam os ingleses, "jogar fora o bebê com a água do banho".

Qual fato o senhor considera fundamental na criação da Psicanálise?

No instante em que dei voz aos meus pacientes, comecei a aprender com eles. Certa vez, uma paciente, irritada com a minha logorreia, disse-me: "Deixe-me falar!" Nesse momento, teve início a criação da teoria psicanalítica, que há 40 anos caminha errante pelo deserto da rejeição. Quando publiquei *Moisés*, já desconfiava de que a ciência à qual me refiro está distante daquela que aspira prever e controlar os afetos e ações humanas. Confesso que a nova interpretação dos meus achados é recente, catalisada pela leitura de romances seculares e pela minha doença, que espelha minha finitude.

Com o advento da prática psicanalítica, como ficam organizadas as fronteiras entre as várias áreas do conhecimento?

As descobertas psicanalíticas têm chamado a atenção das ciências mais diferentes. A teoria que criei, segundo uma expectativa inteiramente pessoal, caminha, como já disse, na direção de tentar um maior entendimento das funções da linguagem, tomada como ponto de partida e de chegada para as indagações humanas. Sinto certo incômodo quando leio uma frase de Adolph Hitler que, devo admitir, é consistente: "A força que sempre desencadeou as maiores avalanches religiosas e políticas na história não foi outra, desde tempos imemoriais, senão a força mágica das palavras". Reconhecer que o fenômeno da linguagem pode ser usado de muitas formas e servir a vários senhores também me incomoda sobremaneira.

Nos primórdios das descobertas psicanalíticas, a Psiquiatria encarava nossos achados como respostas para muitos de seus problemas. Até mesmo eu e alguns colegas participamos desse entusiasmo. Atualmente, vejo uma nítida separação entre as pretensões científicas da psiquiatria, que se atém cada vez mais aos aspectos bioquímicos, e as preocupações de ordem existencial da Psicanálise. A Sociologia, por exemplo, sem perder de vista seu objeto, acabou por entender por meio da Psicanálise alguns fenômenos grupais, e os descreveu com precisão. Vejamos a Filosofia: antes, tentava cindir a experiência humana em corpo e mente, ou razão e emoção, ou, ainda, em objetiva e subjetiva. Hoje, parece reconhecer que sua prática acabava por se constituir num exercício lógico e silogístico estéril. Vemos que agora ela se ocupa dos dilemas e problemas humanos por excelência, não busca soluções definitivas e atemporais. A teoria psicanalítica incomodou, principalmente, à Filosofia mesclada com indagações aristotélico-tomistas de natureza religiosa.

Finalmente, considero imprescindível acrescentar que

as ligações da Psicanálise com a Literatura estão se revelando cada vez mais sólidas. Insisto em minha recente constatação da importância das letras na constituição da experiência humana, algo que os romances e minha longa vida, que está no final, me ensinaram. Aliás, pude observar *a posteriori* que a maioria das minhas citações bibliográficas tem origem na Literatura e nas Artes; são muitos os pontos de aproximação entre esses universos. Kipling já disse que ao escritor é facultado inventar a fábula, mas não a Moral.

Os escritos de Franz Kafka, por exemplo, são, na verdade, lições de Psicanálise. Seu livro *Carta a meu pai*, inteiramente confessional, diz das agruras, ressentimentos e mágoas de um filho em relação a seu pai. Além de propiciar uma catarse a Kafka e ao leitor identificado, oferece uma bela oportunidade de entrever fenômenos psicanalíticos. Já tive a oportunidade de afirmar que é impossível educar. Mencionei Dostoievski e sua habilidade ímpar de criar personagens ricos e reveladores das contradições humanas, e nunca fiz segredo da minha admiração por Schnitzler, médico e posteriormente escritor que, em seus contos, revela verdades sobre a alma humana que a teoria psicanalítica jamais poderia demonstrar. Considero desnecessário mencionar, com detalhes, as obras de Cervantes, Goethe, Heine e Rilke.

Professor, onde a Psicanálise, a Filosofia e a Literatura se encontram ou se distanciam?

Posso estar fazendo um juízo intempestivo e destituído de um conhecimento profundo, mas arrisco dizer que a Literatura produzida pelos autores clássicos lida, quase sempre, com o tema do nascimento e da morte. Penso que tais acontecimentos são milagrosos, uma vez que desafiam o intelecto humano, dada sua ininteligibilidade. Não estou fazendo nenhuma apologia da religião, mas quero acentuar que a ciência se aproxima desses acontecimentos tratando-os por suas correlações horizontais; não considero que seja possível entendê-los abordando-os por sua verticalidade ou transcendentalidade. É sabido que o nascimento determina, em grande parte, a vida de alguém, porém não tenho dúvida de que a expectativa da morte também o faz.

Recentemente, conversava com um colega nascido na Espanha que participou da introdução da Psicanálise na Argentina, o Dr. Angel Garma, e tomei conhecimento da obra de um escritor argentino que foi educado na Europa, Jorge Luis Borges. Manifestei curiosidade por ler um conto mencionado pelo Dr. Garma. Felizmente pude lê-lo na língua original, pois há muitos anos, talvez por volta de 1923, ano do aparecimento de minha doença, tive a satisfação de enviar ao editor das minhas obras na Espanha, Sr. D. Luis López-Ballesteros, uma pequena carta de agradecimento. Naquela ocasião, disse-lhe que meu conhecimento de seu idioma vinha de longa data, daí pude fazer a revisão da tradução com precisão: tinha aprendido espanhol na adolescência, quando decidi ler a grande obra de Cervantes, *Dom Quixote*, no original. Após a digressão, retorno ao conto de Borges. O título era "Do Rigor na Ciência", trabalho que me gerou profundas reflexões. A pequena peça de ficção relata que "num certo império, a arte da cartografia teria atingido seu ápice. A sofreguidão científica fez com que os cientistas criassem mapas cada vez mais minuciosos. Assim, o mapa de uma província foi construído e passou a ocupar o espaço de uma cidade; e, o mapa do império, ocupou toda uma província. Esta ambição científica desmedida fez com que os cientistas construíssem outro mapa do império. Apenas cabe observar que este mapa tinha o tamanho do império e ocupava ponto por ponto o território mapeado. As gerações seguintes, menos apegadas a este tipo de rigor científico, entenderam a inutilidade desse exercício e abandonaram a obra às inclemências do sol e da chuva. Ainda hoje é possível encontrar as ruínas que se seguiram a esta ambição."

Qual é, atualmente, sua concepção de ciência ou ação científica?

Acho que o conto de Borges relatado na questão anterior responde à sua pergunta, ou não? Acredito que por ele faço uma crítica ao mesmo tempo feroz e irônica à ciência convencional, usando como ferramenta a ficção literária. É verdade que algumas pessoas tratam a Literatura e as Artes com certa dose de menosprezo, ou até mesmo como uma forma de passatempo. Pois acho esses ofícios nobres; são os que nos permitem condições inigualáveis de perscrutar as profundezas da alma humana. A Psicanálise se revela diante das criações artísticas como um instrumental tosco, que visa obter um método para alcançar o mesmo fim: entender uma parcela ínfima da alma. Infelizmente, devo reconhecer que constato esta verdade somente no final de meus dias.

Como se pode alcançar um melhor entendimento da clínica psicanalítica?

Peço sua compreensão diante desta longa apologia das íntimas relações entre a Psicanálise, a Literatura e as Artes — uma possível forma de tributo e reconhecimento tardios que a teoria psicanalítica pode prestar aos artistas de todos os tempos. Se, na minha juventude, eu professava um exercício rigoroso da ciência, nestes dias acredito que é diverso o meu entendimento: não consigo imaginar drama humano que não tenha sido tratado pela pena de um escritor, pela ponta de um pincel, ou se feito presente nas dobras de uma escultura.

Ocorre-me uma lembrança que não possui origem anglo-saxônica. Algum tempo atrás, lia o suplemento literário do *The Times* quando chamou minha atenção o fato de um escritor português, Fernando Pessoa, ter publicado alguns poemas em língua inglesa que foram premiados. Fui buscar tais poemas e encontrei, para meu deleite, outros, dos quais recito alguns versos:

A ciência, a ciência, a ciência...
Ah, como tudo é nulo e vão!
A pobreza da inteligência
Ante a riqueza da emoção!

A ciência! Como é pobre e nada!
Rico é o que a alma dá e tem.

Lembro-me, ainda, de outro excerto:

Assim como falham as palavras quando querem exprimir
qualquer pensamento,
Assim falham os pensamentos quando querem exprimir
qualquer realidade.

Imagino, apesar da minha debilidade, ter respondido à sua indagação. Já havia dito que a Literatura preenche o vazio entre a intimidade da experiência única e aquelas compartilhadas por todas as pessoas. Tal como um escritor, o psicanalista se atém às filigranas daquilo que é dito ou não dito. O caminho para alcançar esse estágio está em ouvir, em princípio, pela análise pessoal, as próprias indagações; e então, cultivando certa displicência, ou atenção flutuante, procurar formular um fragmento teórico relevante. A teoria finaliza uma trajetória singular do paciente, nunca a antecede.

O exercício contínuo e obstinado da abstração, como recurso visando à obtenção do conhecimento, cria uma espécie de sedentarismo intelectual. Consequentemente, passamos a não dar atenção aos acontecimentos que estão à nossa frente, a nos contentar com a mera posse da ideia. Essa forma de sedentarismo intelectual transforma os diálogos e discussões em circunlóquios que acabam por deixar tudo no mesmo lugar.

Por outro lado, quando afirmo a intimidade fenomênica entre Psicanálise e Literatura não posso, naturalmente, desconhecer que não se trata de identificar os dois campos como se fossem um só. Assim, torna-se fundamental que tenhamos condições de apontar suas diferenças, ou dessemelhanças. Como disse, os universos da Literatura e da Psicanálise têm como ponto de partida a linguagem: quando um paciente faz sua associação livre ou narrativa, faz uso dela com o intuito de produzir sentidos que iluminem sua identidade singular; em outras palavras, procura traduzir em palavras suas emoções e afetos, inéditos ou anedóticos. As palavras possuem, nesse caso, uma forte característica fenomenológica, como aprendi com Brentano. O conjunto de suas expressões toma a forma de algo que se assemelha a um diário íntimo, intensamente influenciado pelo contexto. A narrativa do paciente, poderíamos dizer, traz em seu bojo sua identificação com o analista e tem como objetivo produzir efeitos nesse interlocutor, ou, se desejar, no ouvinte.

Na Literatura, e falo da Literatura dos clássicos, as palavras visam criar uma abstração universal a respeito da existência e experiência humanas. Nesse caso, o texto possui como principal finalidade transformar essa experiência em fato socialmente reconhecível e relativamente independente do contexto — quanto mais, melhor será a obra produzida. Quando tomamos contato com uma obra de arte, com ela nos identificamos ou por seu intermédio nos reconhecemos, com seus personagens e emoções, mas tal identificação é meramente intelectual, desde que padece da falta do ingrediente fundamental de uma análise, a que chamamos transferência.

Um outro ponto importante diz respeito ao lugar da metáfora na Literatura e na Psicanálise. Na Literatura, a metáfora é entendida como figura de linguagem por meio da qual aquilo que é dito abandona sua literalidade e toma a forma de parábola ou alegoria. Na Psicanálise, a metáfora é a forma que o paciente usa tentando interpretar a si próprio ou ao mundo à sua volta, incluindo o analista. A narrativa do paciente cria uma história que, à primeira vista, não possui qualquer relação com suas defesas psíquicas. Em minha opinião, a metáfora acaba se tornando uma forma de armadilha na luta entre a razão e o afeto. E vence o afeto, mais cedo ou mais tarde. Quando o analista profere uma interpretação, o paciente a ouve e

Freud e Jung pescando na costa do Reno, próximo a Düsseldorf,
circa *1909*

reflete secretamente sobre o que ouviu, ao mesmo tempo em que estabelece um acordo tácito com o analista: meus pecados foram ouvidos, compreendidos e são tratados como se fossem de terceiros.

Quando insisto no papel exercido pela Linguagem na

prática clínica, devo compartilhar o receio de que a Psicanálise venha a perder sua direção, retornando sua ênfase aos caminhos já trilhados quando adotou um viés cientificista; em outras palavras, passe a usar e abusar das descobertas sobre a linguagem, transformando sua prática em atos mecânicos e repetitivos próprios das ciências positivas — uma tentativa de domar a selvageria do fenômeno criativo propiciado pela Palavra, transformando-a em clichês estereotipados.

Qual a avaliação que o senhor faz, após tantos anos, das dissensões que ocorreram no grupo inicial e fundador da Psicanálise? Por exemplo, do papel exercido, especialmente, pelo Dr. Carl Gustav Jung?

Durante toda minha vida, dedicada à construção da ciência psicanalítica, fui cercado por colegas e amigos que contribuíram muito para o avanço dessa teoria. Sem dúvida, ocorreram divergências com vários deles e também disputas. Dentre todos os meus discípulos, considero que o Professor Jung foi um dos mais brilhantes e criativos. Envolveu-se com as pesquisas e logo passou a apresentar pontos de vista que se distanciavam, menos ou mais, das ideias originais que eu vinha estudando. Refiro-me a alguns pontos centrais, como a sexualidade infantil, a concepção do inconsciente, o complexo de Édipo. Todos percebiam; as tensões entre nossas posições eram palpáveis. Fui acusado, muitas vezes, de não tolerar críticas ou oposição aos meus pontos de vista, e admito que minha dificuldade se tornava mais acentuada quando essa oposição se apresentava com forte colorido emocional ou pessoal, ou, para bem dizê-lo, neurótico. No caso do Professor Jung, as diferenças teóricas e conceituais se tornaram evidentes desde o início. Hoje percebo com clareza que as decepções de natureza conceitual geraram um clima desfavorável ao desenvolvimento da teoria, e uma distância pessoal sem possibilidade de resolução. A realidade existencial humana é caleidoscópica, e é plenamente plausível que alguém, munido dos conceitos psicanalíticos, se proponha a tecer uma teoria. No início do movimento, tive grande dificuldade em encarar aquilo a que chamei de desvios que nosso trabalho vinha sofrendo por parte de vários discípulos. Agora, no final da vida, sei que o fato de a realidade se apresentar multifacetada, sujeita a infinitas interpretações, constitui o cerne da Psicanálise. Feliz ou infelizmente, não existe um modelo para a realidade existencial humana nem para seus conflitos. Assim, mais uma vez, justifico minha proximidade dos escritores, poetas e filósofos — criadores de realidades que jamais se submeterão ao escrutínio do método científico convencional. A Psicanálise não oferece um microscópio, nem um telescópio, nem muito menos um panóptico que possibilite uma visão completa da vida.

O NAZISMO ENCONTRA SEU BODE

O funcionário da embaixada alemã em Paris, quebrando o protocolo, invadiu ofegante o gabinete do embaixador Count Johannes Welczek. Este, que estava com a cabeça baixa fazendo anotações, a levantou, e, com um olhar de repreensão, começou a vociferar contra o funcionário pela quebra da etiqueta hierárquica. Antes que o embaixador pudesse terminar o sermão, deu-se conta de que algo grave havia acontecido e teve que aquiescer frente à expressão aflita do subordinado.

— Excelência, me desculpe, mas devo lhe informar, em primeira mão, que nosso colega e meu chefe imediato, o oficial Ernst vom Rath foi atingido por cinco tiros à porta da embaixada. A polícia francesa impediu que tomássemos qualquer providência, alegando que o atentado ocorreu em território francês; trata-se, pelo que pude apurar, de um jovem judeu, imigrante irregular polonês com 17 anos de idade. Fomos impedidos, também, de obter quaisquer outras informações.

— Muito obrigado, saia imediatamente! — Em seguida, dirigiu-se para um telefone interno e certificou-se dos detalhes do acontecimento. Sua expressão facial tornou-se ambígua e hesitante. Caminhou até à janela, abriu as cortinas e observou a movimentação da Rue de Lille. Realmente, havia na frente da embaixada uma movimentação inusual para aquele dia. Observou por alguns segundos através dos vidros da janela e pensou que aqueles tiros poderiam ter sido endereçados a ele. Continuou observando as imediações; deteve seu olhar pensativo sobre as águas do rio Sena e sobre a fachada distante do Museu do Louvre. Fechou as cortinas e, novamente, apanhou o telefone com linha direta para a Alemanha. Sentou-se. Ouviu o ruído de chamada e, em seguida, alguém atendeu.

— O embaixador da Alemanha na França, Count Welczek. Gostaria de falar imediatamente com o oficial Heinrich Müller.

— Pois não, senhor embaixador. — O jovem alemão olhou para o oficial Müller e anunciou que do outro lado da linha estava o embaixador da Alemanha na França, enquanto lhe passava o aparelho telefônico.

— Johannes? Fala Müller. O que aconteceu?

— O oficial Ernst vom Rath acaba de sofrer um atentado na porta da embaixada. Foi atingido por cinco tiros. O criminoso é um jovem judeu polonês de 17 anos de idade, que foi preso pela polícia francesa. Não pudemos fazer nada, muito menos prender o judeu. Quais as instruções?

— Vou pensar a respeito e fazer algumas consultas. Volto a ligar dentro de alguns minutos, mas... Espere, vom Rath morreu?

— Ainda não sabemos. Tudo indica que não sobreviverá. Estou aguardando. — O embaixador desligou o telefone e esboçou um sorriso enigmático. Levantou-se, olhou para o vazio e ruminou: *mal sabe este judeuzinho apátrida que acaba de prestar um grande serviço ao Reich!*

Decorridos, aproximadamente, 50 minutos, o telefone toca e o embaixador, sem esconder sua aflição, atende.

— Welczek.

— Müller. Estou enviando secretamente uma cópia das providências que devemos tomar diante desse grave e irreparável acontecimento. Nosso país foi ultrajado em sua honra e dignidade por um ato ilegítimo e injustificável de agressão vindo de um judeu que, se valendo do território francês, agrediu nosso oficial. Agradeço em meu nome e no da pátria sua presteza e dedicação à causa! Siga as instruções. Obrigado.

***

No mesmo dia, 7 de novembro de 1938, o oficial-chefe da Gestapo Heinrich Müller transmitiu para todos os escritórios da Gestapo na Alemanha instruções que podem ser assim resumidas:

1. São, desde agora, inteiramente legais ações contra os judeus, especialmente contra suas sinagogas. Essas providências devem ser executadas no menor tempo possível. Não devem, entretanto, entrar em contradição com as normas já estabelecidas pelo exército, mas, antes de tudo, o trabalho deve ser executado conjuntamente.

2. Qualquer documentação considerada importante existente nas sinagogas deve ser imediatamente confiscada e apreendida.

3. Deverão ser presos, aproximadamente, de 20 a 30 mil judeus no Reich. Os judeus bem-sucedidos devem ser se-

lecionados. Para esses casos, instruções detalhadas serão enviadas ao longo desta noite.

4. Aqueles judeus que forem proprietários ou portadores de armas, encontradas em seu poder durante essas manobras, deverão receber atenção especial. Todas as medidas estarão sob a responsabilidade da Gestapo. A sinagoga de Colônia, como sabido, abriga material de grande importância.

No dia 10 de novembro de 1938, novas instruções foram emitidas pela Gestapo, visando complementar as decisões já tomadas pelo Reich:

> Considerando-se o assassinato do oficial vom Rath em Paris, são esperadas manifestações contra os judeus durante esta noite. As lideranças políticas deverão ser informadas e, ao mesmo tempo, fazer executar as seguintes instruções do alto comando da Gestapo, as quais devem ser adaptadas para cada caso de forma devida:
>
> a) As medidas sugeridas devem ser implementadas somente quando não apresentarem qualquer risco à vida ou às propriedades alemãs — por exemplo, o incêndio de sinagogas não deve ameaçar as redondezas.
>
> b) Os negócios ou transações de qualquer natureza com os judeus devem ser suspensos. A polícia está instruída a supervisionar as negociações em curso e prender aqueles que transgredirem estas normas.
>
> c) Deve-se tomar cuidado especial nas ruas para que os não-judeus sejam protegidos contra possíveis danos.
>
> d) Estrangeiros, mesmo quando forem judeus, não deverão ser incomodados.
>
> e) Após o encerramento das ações programadas para esta noite, os judeus remanescentes deverão ser presos e acomodados, especialmente os judeus do sexo masculino,

saudáveis e jovens. Em seguida, todos serão encaminhados para o campo de concentração mais próximo. Os judeus presos deverão ser bem tratados na prisão e enquanto transportados.

f) O conteúdo destas ordens deverá ser rigorosamente obedecido, desde que são oriundas do alto comando do Reich.

Efetivamente, o cumprimento dessas instruções foi rápido e eficiente. Teve início em todo o território do Reich uma caça aberta aos judeus, agora devidamente justificada pelas autoridades alemãs. Segundo levantamentos realizados posteriormente, foram assassinados 91 judeus e presos 26 mil; 265 sinagogas foram destruídas. Mais uma vez, a história elegeu o povo judeu como bode expiatório de seus próprios conflitos. Tratava-se, no caso, de mais uma ironia, pois um dos mais eminentes perseguidos era um judeu de nome Sigmund Freud, que, dentre outras contribuições para a compreensão da alma humana, descrevera um mecanismo psicológico denominado projeção, que consiste em lidar com questões psicológicas não resolvidas atribuindo-as a outrem.

Pelo fato de essas perseguições envolverem também a quebra de vidraças e vitrines de lojas de judeus, essa noite passou a ser conhecida como A Noite dos Cristais. Adolf Hitler tomou o assassinato de vom Rath como um motivo sob medida para dar início aos seus projetos de perseguição aos judeus. Estávamos diante de mais um holocausto, que marcava seu início de forma absolutamente truculenta.

**

No dia 29 de novembro, após ter ouvido a campainha, Annerl entrou no escritório e anunciou outra visita do escritor H. G. Wells. Concordei desde logo com sua entrada; tão logo se sentou, começou a falar dos recentes acontecimentos na Alemanha e Áustria no início do mês. Comentou, também, um artigo supostamente escrito naqueles dias por Arthur Koestler, sobre o antissemitismo.

Notei que Wells, enquanto comentava as motivações políticas da perseguição aos judeus — destacando o assassinato de vom Rath como a desculpa encontrada pelo Reich para suas ações —, baixou o tom de voz e disse que, em Paris, o apelido do oficial alemão morto era Notre Dame de Paris, devido à sua opção homossexual. Assim, as razões políticas do atentado escamoteavam motivações de ordem passional — o jovem judeu Herschel Grynszpan vinha mantendo um romance com o diplomata alemão e dele tinha obtido a promessa de que sua permanência irregular em território francês seria regularizada, por sua interferência diplomática e política. Dizia-se, ainda, que havia uma terceira versão para o fato: o alvo do jovem Herschel seria o embaixador Welczek, que anteriormente tinha expulsado seus pais da Polônia.

Após os comentários de Wells, disse-lhe que acreditava cada vez mais na hipótese de um novo pogrom. Eu, por várias vezes, fora ingênuo, e a política estava me cansando. Interessavam-me, na verdade, as várias versões do assassinato de vom Rath. Nos últimos tempos, vem me causando estranheza o fato de que os adeptos da ciência, ou até mesmo os de senso comum, busquem incessantemente uma verdade final, única e conclusiva sobre quaisquer acontecimentos. Com essa perspectiva, perdem tempo demasiado. As concepções psicanalíticas da verdade convivem muito bem com as várias interpretações possíveis, ainda que excludentes, sem se preocupar em elucidar qual seria a mais verdadeira; em outras palavras, os fatos podem ser analisados por múltiplos ângulos. Na minha opinião, no caso específico, importava que as consequências dessas interpretações não diminuíam a tragicidade dos fatos.

Observei a expressão do escritor, que passou de pensativa a preocupada. Nunca saberei, naturalmente, o que lhe passava pela cabeça. De qualquer forma, completei: "Você, durante os últimos anos, vem-se dedicando a escrever livros conhecidos como ficção científica. Enfim, livros que são escritos tomando fatos científicos bem estabelecidos e extrapolando, ou criando, a partir deles, uma nova realidade. Caberá ao leitor concordar ou discordar. Penso que a Psicanálise, da mesma maneira, extrapola ou elabora, a partir de fatos... Quem sabe sou um escritor de ficção científica?"

***

No início de dezembro, recebi a visita da Princesa Marie Bonaparte, que permaneceu em Londres por alguns dias. Seu objetivo era me dar ciência das dificuldades para conseguir libertar minhas irmãs que ainda estavam na Áustria. Percebi que a Princesa estava desanimada, e acreditava muito pouco no sucesso das tentativas empreendidas pela diplomacia. Se libertadas, ela poderia conseguir que minhas irmãs fossem viver em algum lugar tranquilo da França.

***

O resultado imediato da publicação de minha entrevista foi, como previsto, a reiteração insistente do convite da BBC para que eu concedesse uma nova entrevista. Mais uma vez, concordei, e ela foi transmitida no dia 7 de dezembro de 1938. A gravação durou menos tempo do que a BBC esperava e, após o trabalho, me senti exausto. Meu depoimento anterior para a jovem jornalista tinha sido, sem nenhuma dúvida, mais consistente.

Nestes dias, por algum motivo, conversei com Anna sobre o analista Edoardo Weiss, de Trieste. Anos atrás, ele havia nos visitado em Viena e durante esse encontro eu lhe disse que tinha recebido pelo correio um exemplar do romance escrito por Ítalo Svevo, *A consciência de Zeno*. O romance tinha sido muito bem recebido pela crítica em Paris, e Weiss tinha um relacionamento de parentesco com Svevo. Trata-se de uma crítica ácida à Psicanálise, tecida pelo personagem Zeno — um paciente imaginário, que narrava seus esforços para abandonar o hábito de fumar e não conseguia. O analista, Dr. S., pude perceber logo no início de minha leitura, praticava o método psicanalítico de maneira equivocada; as críticas formuladas por Zeno tampouco eram fundamentadas, e beiravam o sarcasmo. Ora, não é segredo que sempre tive dificuldade de ouvir críticas à teoria que havia concebido, especialmente quando tais críticas se demonstravam emocionais. Minha reação foi semelhante àquela que tive quando o satirista austríaco Karl Kraus disse que "a Psicanálise cria um problema e, em seguida, se propõe a tratá-lo", comparando-a à atitude de alguns missionários americanos quando chegavam às ilhas perdidas do Oceano Pacífico: após entrar em contato com a cultura nativa, deduziam que esses "primitivos" não tinham "aprendido" a noção de pecado; então, aflitos, os pregadores desdobravam sua missão — instilavam nos habitantes a culpa por seus supostos pecados e, em seguida, punham-se a catequizá-los. Esta comparação soava-me injusta e incômoda.

Svevo afirma ainda que as relações íntimas entre arte e filosofia se assemelham ao casamento: os parceiros não se entendem, mas mesmo assim produzem crianças maravilhosas. Indago: onde entra a Psicanálise nesta crítica azeda às relações entre a arte e a filosofia? Sempre dediquei a Weiss muita atenção e simpatia, e me interessava por seu trabalho em Trieste. Acredito que sua mudança para os EUA pode ter sido motivada por dificuldades para se estabelecer em sua cidade natal, sem contar que era, também, judeu. Enfim, estou cansado de responder às críticas e devo me lembrar do comentário de Arnold Zweig quando disse que a verdade é inatingível e que, além de tudo, a humanidade não a merece.

Sinto-me cada vez mais indisposto e com dificuldades para atender os meus pacientes. Sei, porém, que a interrupção de meu trabalho significaria, por um lado, uma forma de rendição, enquanto, por outro, me deixaria à mercê da doença que me consome. Por esta razão, em meados de janeiro, recebi para análise um jovem professor americano que estava residindo em Londres, por motivos acadêmicos, pelos próximos dois anos. Marcou uma entrevista e decidi atendê-lo, pelo menos em duas sessões preliminares.

***

Estava lendo e sentado quando ouvi duas leves batidas na porta de entrada do consultório. Levantei-me e olhei o jovem, mais alto do que eu, carregando livros e com uma expressão apreensiva e angustiada. Pedi-lhe que entrasse. Ele andou devagar até o centro da sala, observando os móveis e, ao mesmo tempo, aguardando instruções. Olhou para o divã e, como se descobrisse seu lugar, dirigiu-se para ele. Falei que deveria, antes de mais nada, sentar-se na poltrona na frente de minha escrivaninha. Perguntei-lhe seu nome, e ele respondeu: Carl James. Sentou-se e me encarou como se aguardasse perguntas. Após alguns segundos de silêncio, rompidos por uma crise de tosse, atendi sua expectativa e perguntei:

— Ora, bem, Sr. James, o que espera de uma análise?

— Professor, não conseguiria dizê-lo logo de início, mas soube por alguns colegas da América, que, como antropólogo, seria importante que me submetesse a essa nova modalidade de tratamento psicológico.

— Se entendo o que quer dizer, a Psicanálise seria útil para o exercício da profissão de antropólogo. Concordo. Mas me refiro ao Sr. James... qual benefício o Sr. James espera da Psicanálise?

— Pessoalmente?

— Claro... estou conversando com James...

— É verdade, apesar de eu achar que minhas atividades como professor podem ser desvinculadas da minha pessoa...

— Ora, Sr. James, não consigo separar tão nitidamente as atividades humanas... essa separação depende muito daquele que as separa, não é? Ou, quais são as suas intenções?

— Sim, Sr. Professor... concordo... mas devo, antes de mais nada, dizer que minha crença nas técnicas psicanalíticas não são... digamos... firmes.

— Felizmente, Sr. James. Felizmente. Caso cheguemos a um acordo, e o senhor venha a se submeter à análise, asseguro-lhe que o método, diferentemente das crenças religiosas, independe da fé. Na verdade, ainda que aquilo que vou dizer possa irritá-lo, considero sua desconfiança como mais um indicador de suas dificuldades...

— E quanto aos honorários e o tempo de cada consulta?

— Os honorários constituem parte essencial do tratamento, não apenas por remunerar a hora de trabalho, mas por uma razão da maior importância... se você me paga de acordo com o combinado, esteja certo de que meus comentários serão inteiramente dirigidos àquilo que me disse e tão somente aos seus interesses... ainda que, às vezes, possa não parecer...

— Esta consulta é preparatória ou devo considerá-la parte do tratamento?

— Digamos que estamos arrumando as peças num tabuleiro de xadrez, e a qualquer momento podemos interromper a partida...

— Quer dizer que não apenas eu posso ficar insatisfeito com o tratamento, como também o senhor?

— Exatamente. Como você sabe, é impossível um jogo de xadrez que envolva apenas um jogador.

— E... quanto ao tempo?

— Da consulta ou de todo o processo?

— De ambos...

— Nosso tempo poderá variar entre meia hora ou uma hora inteira, a cada vez que nos encontrarmos; quanto ao tempo do processo, voltando à comparação com o jogo de xadrez, eu diria que, se é possível saber quando começamos uma partida, é impossível determinar seu curso ou final...

— Sr. Professor, desculpe-me se tenho pressa... qual a essência do seu método de trabalho?

— Esteja à vontade. Não existe nenhuma essência, ou, quem sabe, ela é tão simples que não merece nome tão pomposo; simplesmente conversaremos.

— Apenas isso? Então é muito simples, mesmo!

— Sr. James, não esteja tão certo da facilidade das conversas. Muitas de nossas palavras têm a função de esconder a menção de outras... até mesmo para proteger nossos pensamentos. Elas, as palavras, nem sempre possuem uma função reveladora.

— Devo falar seguindo uma ordem, por exemplo, cronológica?

— Não necessariamente. Pelo contrário, mais uma vez reitero que sua dedicação à clareza poderá ser vista como mais um indício de suas dificuldades. Não se preocupe com uma narrativa sistemática ou coerente... Não pretendo incentivá-la.

— Pode ocorrer que eu tenha algum segredo e não pretenda compartilhá-lo. E então?

— Nesse caso, Sr. James, terei que convidá-lo a refletir sobre seu segredo em relação à minha pessoa... em outras palavras, que razões o senhor teria para omitir algo importante de sua vida, exatamente diante do profissional que escolheu para ouvi-lo?

— Quando o senhor diz que tudo se trata de uma conversa, posso pedir ou esperar suas opiniões?

— Em termos... Minhas eventuais opiniões serão oferecidas quando eu estiver certo de que não estão a serviço de um ponto de vista meu... entende?

— Imagino que, depois de algum tempo, o senhor fará um diagnóstico...

— Certamente, não. Os diagnósticos, no que diz respeito à análise, são excessivamente simplificadores... as pessoas são muito mais complexas... no máximo, depois de muito contatos, poderei compartilhar com você algumas ideias... ou melhor, conjecturas ou construções, que, na verdade, já serão por demais conhecidas por você. Assim, os diagnósticos serão inúteis.

— Venho de uma tradição acadêmica. Assim, tendo a dividir o ser humano em razão e emoção. Iremos nesta sala tratar das nossas emoções, usando a razão?

— Desculpe-me, Sr. James, mas acaba de cometer um grande equívoco. Acho oportuno que sua dúvida surja neste instante de nossa conversa. Nesta sala, daremos pouco espaço à razão; o pressuposto do método é que a razão, especialmente quando toma a forma lógica ou intelectual, é má conselheira... devo dizer-lhe que o ser humano usa a razão com o objetivo de tentar ocultar aquilo que ele sente... na verdade, cada palavra, ainda que pronunciada com intenção racional, jamais deixa de estar impregnada de emoção. Enfim, estou dizendo que o ser humano faz uso da razão, digamos... como defesa das emoções menos dizíveis ou confessáveis. E estou falando com o senhor racionalmente... quem sabe neste encontro isso é permissível? Logo abandonaremos esta prática.

— Haverá espaço para discutir algum tema, digamos, científico ou profissional?

— Os encontros serão inteiramente pautados por suas preocupações emergentes. Na verdade, devemos convir que o seu amanhã está ligado ao seu ontem, e seu ontem às suas expectativas sobre o futuro... uma conversa sem final predeterminado...

— Professor, esta situação, imagino, gera um clima de grande intimidade...

— Sem dúvida... minha personalidade, como um camaleão, mudará seus próprios contornos; e os seus afetos poderão ser comparados a uma metralhadora atirando a esmo... desse clima procuraremos auferir a vantagem do tratamento, mas, se espera um tratamento nos moldes de um tratamento médico, está enganado.

— Mas a ligação será profissional, ou não?

— De minha parte, sem dúvida... cabe a mim ouvir suas confissões ou confusões afetivas.

— Qual a garantia de que não ocorrerá algo como uma espécie de "amizade"?

— Nenhuma. Caso isso ocorra, será altamente desejável que interrompamos o tratamento sem desgaste, se for possível...

— Tomando como referência minha formação acadêmica, o senhor propõe, até onde pude entender, uma ligação assimétrica, tal como numa relação professor/aluno... é o que ocorre na análise?

— Segundo meu método e seus pressupostos, não existe ninguém capaz de ensinar algo sobre nossas emoções, conflitos, contradições e afetos. Como pode constatar, este trabalho não deixa de ser um tanto paradoxal, mas talvez nisso resida seu maior mérito...

— Estou curioso e, ao mesmo tempo, com receio.

— Trata-se de um bom começo. Gostaria de continuar a conversa amanhã... o que você acha?

— Também gostaria... no mesmo horário?

— Fica marcado para o mesmo horário... caso surja algum impedimento, peço que me avise.

***

— Entre, James, e sente-se.

— Devo deitar-me no divã?

— Ainda não, quero conversar um pouco mais... Inteirar-me sobre o que faz, seu estilo de vida...

— Tenho uma vida normal...

— Insisto: que razões trazem você até a Psicanálise?

— Nossa última conversa foi esclarecedora, mas não sei por onde começar... sou casado... não tenho filhos e deixei minha mulher nos EUA.

— Ótimo, fale-me então do seu casamento, e do significado de deixar sua mulher nos EUA.

— As razões foram acadêmicas... dois anos passam muito depressa.

— Além disso, morar em Londres, distante de sua casa e de sua mulher, pode, também, trazer um certo alívio...

— É. Algum.

— Posso imaginar que sua vinda para completar seus estudos em Londres pode, também, estar coincidindo com uma crise conjugal?

— Sim, uma pequena crise... parece estar adivinhando!

— Uma suposição arriscada... pequena crise?

— Bem, um afastamento, que pode nos possibilitar pensarmos sobre a nossa situação e de outras pessoas...

— Outras pessoas? Quais?

— Meu sogro, especialmente, e também minha sogra...

eles interferem em nossa vida excessivamente, apesar de morarmos em bairros diferentes...

— Essa interferência incomoda, mas como você a interpreta? Ou, se possível, dê-me um exemplo...

— Ora, apesar de estarmos casados há três anos, minha mulher, Beth, jamais saiu da casa de seus pais... digo, psicologicamente.

— Caso estivesse em Londres, na sua opinião, ela se submeteria à análise?

— Dificilmente... existe um entendimento entre eles de que sou a causa de todos os problemas.

— Eles?

— Sim, Beth, meu sogro e minha sogra... Ah! O senhor pediu um exemplo: eles insistem para que tenhamos um filho... Suas razões podem ser compreensíveis, mas acho-as autoritárias.

— Sua mulher pensa a mesma coisa que eles?

— Sim, não tenho dúvidas.

— Qual o impedimento de um filho?

— Acho que devemos ter um período maior de convivência a dois... um filho sempre muda a rotina de um casal.

— Sim, é difícil discordar... entendo que viver essa quebra de rotina não o agrada. Ou estou enganado?

— Beth é mais velha do que eu, é filha única e cheia de mimos...

— Como você se dá com os pais dela no dia-a-dia?

— Muito bem, somos muito calorosos entre nós... às vezes, suspeito de que existe uma encenação de ambos os lados... Beth quer um filho, na minha opinião, para agradar os pais.

— E quais são suas razões para não querer agradá-los?

— Ora, o filho será meu e não dos pais dela... quando estou no trabalho e fico mais tempo na universidade dando aulas, ela passa o dia na casa deles; apesar da pequena distância, isso me incomoda... somente nos vemos à noite e mal temos tempo de conversar... estou casado, e quando me deito, durmo imediatamente... ela reclama, dizendo que não lhe dou atenção... nos últimos tempos, raramente temos relações sexuais.

— É ruim?

— Como assim?

— Manter relações sexuais é ruim?

— Eu não usaria esta palavra, mas nossa vida sexual vem se transformando em um ritual mais ou menos mecânico... ela parece não gostar.

— E você?

— Gosto e não gosto... me entende?

— Não.

— Quando temos relações sexuais, tenho necessidade de imaginar ou fantasiar situações envolvendo outras pessoas...

— Outras mulheres e outros homens...

— Sim...

— Você está dizendo... com muita clareza.

— Quando começamos a nos encontrar, eu não tinha nenhuma intenção de nada sério... ela, de certa forma, me obrigou...

— Obrigou?

— Como, eu não saberia dizer... minha família também...

— Sua família?

— Meus pais, especialmente meu pai... dizia que eu deveria constituir família logo, para que acompanhasse o crescimento dos filhos. Minha mãe vivia perguntando se Beth estava grávida... insistia, a ponto de me irritar... parecia querer de qualquer forma que tivéssemos um filho.

— Vocês?

— Eu e Beth. Algumas vezes eu achava que ela tinha medo de que eu, nós, não tivéssemos um filho...

— Medo?

— O fato de eu ser pai representava para ela alguma coisa...

— Ser homem, por exemplo?

— Acho que sim... ela queria, e parecia-me não querer que eu tivesse a minha família... nunca me senti próximo de meu pai.

— De repente, você passa a falar de seu pai...

— Ele tinha medo de ficar próximo... fisicamente, entende?

— A proximidade física entre homens é sempre difícil, ambígua.

— Na verdade, tinha medo e estava sempre atento para barrar manifestações afetivas muito efusivas...

— Você parece estar entre dois homens sob um aspecto e entre duas mulheres sob outro...

— Não entendi.

— Voltaremos ao assunto algum dia.

— E... Londres tem me feito muito bem... sinto-me livre e sem responsabilidades... eu pensava que escreveria cartas todos os dias, mas isso não está acontecendo... Beth tem reclamado e digo-lhe que meu dia é muito cheio. Não gosto de escrever... Sobre as minhas fantasias, sim, às vezes com homens... você não me pareceu surpreso... é normal?

— Humano.

— Eu não deveria...

— Existe uma grande distância entre aquilo que queremos e aquilo que acontece; não temos o controle de que gostaríamos...

Durante algum tempo, dediquei-me à análise de James,

o que, na minha opinião, produziu bons resultados. No final, sentia grande dificuldade para articular as palavras, considerando-se que minha doença no maxilar direito avançava rapidamente. Aos poucos, James deixou a Antropologia para segundo plano e se dedicou às relações familiares mais próximas.

**

Em março, comecei a me submeter a sessões diárias de radioterapia que geraram efeitos colaterais incômodos, como perda de pelos e hemorragia bucal. Ainda nesse mês, quando a Anschluss completava um ano, Hitler invadiu a Tchecoslováquia.

Sempre ao meu lado, Max Schur inspirava-me confiança com suas sugestões, fosse como médico ou como amigo. Não consegui dissimular meu desapontamento quando me informou que tinha obtido, juntamente com sua família, visto de entrada nos EUA. Schur partiu no dia 21 de abril e me disse que quando acomodasse sua família em Nova York, e se estabelecesse legalmente, voltaria para Londres. Algum tempo depois, a Princesa veio me visitar e tivemos a satisfação de comemorar seu aniversário em nossa casa. No final do mês de julho, comemoramos também, discretamente, o aniversário de Martha.

Custei a acreditar quando Max me informou que retornaria a Londres tão logo fosse possível, mas fui surpreendido com sua volta no início de julho, e com a mesma disposição para tolerar meus amuos. Decidi, finalmente, que encerraria minhas atividades como analista no último dia daquele mês, e assim fiz. Lembrei-me de algo que tinha dito à Princesa Marie Bonaparte: tudo desaparecerá, até mesmo o pensamento humano. Aquilo que penso, quando muito, sobreviverá por 20

Marie Bonaparte

ou 30 anos. Ela argumentou que não era o caso de Homero, por exemplo, cujo pensamento permanecia depois de mais de 3000 anos. Respondi: "Por que o pensamento de alguém duraria tanto tempo, quando tudo no universo desaparecerá?" Repeti para a Princesa a seguinte ironia, minha velha máxima preferida, um anúncio que flutua na minha cabeça e que considero a amostra mais audaciosa e bem-sucedida da publicidade americana: "Por que viver, se podemos ser enterrados por dez dólares?"

***

20, Maresfield Gardens, Londres, N.W.3
06.08.1939

Minha querida Marie,

Esta carta não enfrentará a caixa postal. Sua visita, que talvez tenha sido a última, me deixou especialmente emocionado. Muitas vezes me referi a Martha como princesa. Era minha forma de manifestar, não meu respeito, mas meu carinho. Dirijo-me a você tratando-a por Marie, e aí está outra maneira de expressar carinho e intimidade. Esta carta é escrita quando te-

nho todo o tempo necessário para fazê-lo, sem contar que talvez seja das minhas últimas, depois de milhares de cartas escritas durante a vida. Encerrei minhas atividades como psicanalista na semana passada. Não foi possível continuar, meu corpo já não obedece ao cérebro. A doença é supérflua, aceito plenamente a necessidade da morte.

Não tenho novidades, e escrevo para manifestar, mais uma vez, minha gratidão. Não tenho nenhuma dúvida de que sua presença na minha vida durante estes anos marcou-me de forma indelével. Mantenho duas fotos suas dentre os meus livros na estante; é muito pouco, diante da grande quantidade de gestos amorosos seus para com minha família. Quando me presenteou, pelos meus 75 anos, com uma linda urna de Corfu, manifestei minha satisfação, dizendo que aquele presente mereceria me acompanhar à sepultura. Mesmo sabendo que isso desagradaria a Martha, pedi-lhe que meu corpo fosse cremado — um desejo que transgride o ritual judaico — e que minhas cinzas fossem depositadas naquela urna grega.

Quanto à Psicanálise, diria que você foi a mais especial e dedicada das embaixatrizes desse novo conhecimento. Na Inglaterra, tive a sorte de contar com Ernest Jones; na Alemanha, com Karl Abraham, e na França e outros países, com a inesquecível Mimi. Como já lhe falei, hoje o mundo conhece minhas teorias, mas seu reconhecimento pleno só aconteceu entre os analistas; quem sabe foi minha vaidade que o impediu. Veja a vaidade! Einstein tinha atrás de si a figura de Newton, mas eu, no início, não tinha ninguém atrás de mim. Busquei a imortalidade, o que, evidentemente, significa ser amado por qualquer número de pessoas anônimas ou desconhecidas. Não me esqueço de que essa aspiração teve início não apenas com minha obra, mas quando você acreditou que minhas cartas confessionais para Fliess deveriam ser preservadas a qualquer preço. Não se engane: após certo tempo, percebi que meus rascunhos, que eu jogava na cesta de lixo, eram cuidadosamente coletados por Paula, que atendia às suas recomendações. Calei-me.

Aqueles que não gozam da intimidade da princesa da Grécia e da Dinamarca a ela se referem como S.A.R.; quem dera os monarcas possuíssem a altivez e grandeza de espírito que encontrei em você...

Há muitos anos, recebi uma carta de Laforgue recomendando-a para análise. Confesso que me senti relutante. Nossa amizade, hoje livre de embaraços, me permite dizer que, na minha resposta a Laforgue, disse-lhe que, considerando minha jornada, não achava que poderia desperdiçar horas de trabalho com uma análise que não tinha um objetivo sério. Errei. Logo soube de seu grande interesse, desde a infância, por relatos, contos e acontecimentos que envolviam assassinatos e suas motivações — contos e histórias de Allan Poe, por exemplo.

Ora, buscar as razões dos crimes e pecados íntimos que cometemos é a razão de ser da prática analítica. Enfim, conhecê-la foi das maiores fortunas de minha existência. Cada vez que você me visitava no exílio — e foram muitas as suas visitas — a aguardava aflito e cheio de expectativas, pois junto com você vinham afeição, dedicação e presentes inesquecíveis.

Dentre minhas inúmeras gafes, certa vez, ao me referir às mulheres, eu disse que, diversamente dos homens, elas não possuíam condições de atuar como analistas: sua condição biológica as forçava a estabelecer laços que as tornariam mães substitutas; a biologia determinava seus destinos. Mais uma vez, errei. Você e muitas outras mulheres me ajudaram a compreender que meu ponto de vista era equivocado. Hoje, penso que também ao analista cabe o papel ou função de mãe substituta. Mais ainda, a maioria de minhas amizades, leais e duradouras, foi com mulheres, mesmo quando desisti de descobrir o que elas desejam. Anos atrás, lutei para que você fosse eleita vice-presidente da Associação Psicanalítica Internacional. Conseguimos, a despeito do fato de você não ser médica. Considero essa vitória uma pequena parte da minha gratidão e do meu pequeno tributo à mulher.

A convivência com você me ensinou muitas coisas, por exemplo, que o oposto da ingenuidade não é a inteligência, mas a má-fé. Seus gestos denunciavam, ao mesmo tempo, argúcia e disposição para ouvir e falar sem defesas, além de sua convicção pública de buscar a verdade.

Em 1925 iniciamos sua análise, e eu lhe disse que tomasse cuidado para não se apegar, em excesso, à minha pessoa. Aleguei minha idade avançada, e, quanta ironia, ocorreu exatamente o inverso: tornei-me conscientemente apegado a você, e nunca me arrependi.

Finalmente, Marie, durante estes dias conto com a presença e lealdade permanentes de Max ao meu lado, um grande médico, um amigo solidário, que tive a ventura de conhecer por suas mãos indulgentes. Mais uma vez, obrigado.

Apesar de não acreditar na onipotência do pensamento, desejo-lhe paz interior e muitos anos de vida,

Seu, Sigmund

***

Em todos os dias e em todas as horas do mês de agosto eu pensava na morte. Recordava-me de tudo o que lera a respeito, reflexões escritas pelos poetas, romancistas e filósofos. A morte estava chegando e vinha, mais uma vez, demonstrar que diante dela todos os homens são iguais. Havia lido em algum lugar que Alexandre Magno, certa vez, cavalgando com seus soldados pelo deserto, deparou-se com um homem maltrapilho, que segurava uma caveira na palma da mão e a observava atentamente. Essa atitude intrigou Alexandre, que, dirigindo-se ao pobre homem, indagou sobre o que estaria procurando. Ouviu a resposta: "Tento encontrar neste crânio algum indício sobre se ele pertenceu a um rei ou a um pobre homem. Não consigo encontrá-lo."

No domingo, 3 de setembro de 1939, às 11h00 da manhã, estávamos eu e Max ouvindo rádio quando a programação foi interrompida e um locutor leu o seguinte comunicado: "A partir desta data, todos os cidadãos do Reino Unido devem considerar que Sua Majestade declarou estado de guerra com a Alemanha. Aqueles jovens que desejarem se apresentar como voluntários devem procurar os locais nos cartazes afixados nas ruas. As mulheres jovens e as pessoas mais velhas também poderão colaborar no esforço de guerra, procurando asilos, hospitais, refeitórios públicos e fábricas."

Após a notícia, Max providenciou imediatamente que minha cama fosse removida para o consultório no andar térreo. Alegou que eu ali estaria mais protegido dos ataques aéreos. Aguardei a transferência sentado no quarto, olhando o relógio; apanhei-o e dei-lhe corda.

Nos primeiros dias, causou-me estranheza acordar no escritório. Depois, talvez como consolo, consumia o tempo ocioso olhando os livros e minha coleção de antiguidades. Lia e relia alguns deles e o *Manchester Guardian*, ao mesmo tempo em que testava minha capacidade de tolerar a dor. Ouvia o telefone tocar muitas vezes, e mal distinguia que pessoa da casa o atendia, se Anna, Paula ou Martha. Falavam baixo, davam notícias de meu estado temendo que as ouvisse. Eu sabia como ninguém o que estava acontecendo e imaginava as novidades que contavam aos amigos pelo telefone.

DESCANSE EM PAZ – ז"ל

Estava, como sempre, na cozinha da casa, preparando o chá. Era o dia 21 de setembro de 1939. Ouço ruídos inusuais. Saio para a sala e me defronto com o Dr. Max Schur andando apressado, chorando e com uma valise maior do que aquela que costumava carregar. Logo surgem Martha e Anna, com uma expressão igualmente tensa e emocionada. Dr. Schur me olha e, com um meneio de cabeça, se despede. Anna se aproxima e me abraça; logo em seguida, e também em silêncio, recebo um abraço de Martha. Entendo que o professor estava morrendo... Automaticamente, me dirijo até o quarto-escritório, e quando abro a porta vejo meu querido professor em paz e respirando pausadamente. Sinto alívio e volto-me para Anna, que me acompanhara. Indago com o olhar o que tinha ocorrido.

Anna me informa que o Dr. Schur havia aplicado uma forte dose de sedativo no pai, com o objetivo de aliviar sua dor. Diz, também, que atendia a um pedido do professor. Ela e sua mãe haviam concordado. O sono do professor parecia profundo. Intuí que nunca mais ouviria sua voz trêmula nem voltaria a ver seus olhos penetrantes.

Durante o dia seguinte, e ao longo de todo o sábado, o silêncio tornou-se denso. As pessoas se dirigiam umas às

Josephine Stross

outras sussurrando, quem sabe para não perturbar o sono e o descanso pacificado daquele homem que lutara bravamente contra sua doença durante 16 anos e sofrera nada menos do que 31 cirurgias. Antes e após cada intervenção cirúrgica, ficávamos impregnados de esperança e fé.

Na madrugada do dia 23 de setembro de 1939, ou mais exatamente, às três horas da manhã, o professor deixou de respirar. Sua morte foi assistida por quatro mulheres que há muitos anos sempre haviam estado ao seu lado: Dra. Josephine Stross, *Frau* Martha Freud, *Fräulein* Anna Freud e eu. Nunca havia perdido alguém com tanto significado, que sempre tivesse me tratado com profundo respeito, agindo muitas vezes como pai, que conseguia se fazer admirar por sua capacidade ininterrupta de trabalho e por se relacionar com pessoas das mais diversas origens. Não consegui imaginar sua morte antes que ela ocorresse. Homens como ele não deveriam morrer. Durante os anos de seu sofrimento, jamais ouvi qualquer reclamação, manifestação de impaciência ou irritação. Aguardou a chegada da morte como se aguardasse a chegada de um trem. E lá se foi.

Anna me disse que o Dr. Schur havia aplicado no professor, a seu pedido, uma forte dose de morfina, que foi repetida no dia seguinte. Sua fragilidade era tão grande que,

Anna e Freud

com essa medida, só lhe restou dormir para sempre. Contou-me, também, que o Dr. Schur saíra apressado naquela tarde porque não queria presenciar o fim; além disso, sua família o aguardava nos EUA, para onde emigrara.

Os dois dias seguintes foram preenchidos por muitas visitas e homenagens. As cartas não paravam de chegar, e tinham que ser guardadas em caixas para serem lidas posteriormente e, naturalmente, respondidas. Não nego que, a partir de domingo, a atmosfera emocional da casa estava mais leve e aliviada. Os rostos não mais se apresentavam tensos e angustiados.

***

Sou Paula Fichtl. Saí de minha terra natal, um lugarejo chamado Gnigl, próximo de Salzburg, para trabalhar em Viena, na residência de *Frau* Dorothy Tiffany Burlingham, como babá de seus filhos. Nessa época, tinha 24 anos de idade. *Frau* Dorothy, filha do milionário Louis Tiffany, de New York, vinha

Paula Fichtl (à esquerda) e Anna Freud

se submetendo à análise com o Professor e vivia no pavimento superior da Bergasse 19. Quando os filhos de *Frau* Dorothy se tornaram independentes, fui dispensada e, ao mesmo tempo, recomendada aos Freud. Dessa forma, comecei a trabalhar com a família Freud em 1929, aos 27 anos de idade. Após as resistências iniciais por parte das mulheres, Martha, Minna e Anna, fui conquistando cada vez mais a confiança de todos e me tornando um membro da família. Conhecia quase todos os pacientes do Professor, que me tratavam com extrema delicadeza e, às vezes, chegavam a me presentear.

Conhecia cada recanto da casa, a posição de cada objeto e, principalmente, a ordem que o Professor dava a seus objetos antigos, tratados com o maior apreço. As paredes do escritório estavam cheias de fotos das mais diferentes pessoas, amigos e colegas. Curiosamente, não havia nenhuma foto de

Frau Martha.

Quando fui viver com a família Freud, o Professor já estava doente. Sua filha Anna o examinava todas as manhãs. À mesa, notava que o professor falava pouco, talvez devido à prótese no maxilar, que o incomodava muito e sempre parecia fora do lugar. A presença de Anna na vida cotidiana do professor ganhou cada vez mais espaço com o passar dos anos. Após certo tempo, concluí que o casamento do Professor era tranquilo e pacífico, mas não necessariamente feliz. Sua proximidade com tia Minna, irmã de *Frau* Martha, era muito maior, e os diálogos entre eles, muitos dos quais eu não entendia, muito frequentes.

Muitas vezes, eu era acordada com os passos arrastados do Professor dirigindo-se ao banheiro para lavar a boca e cuidar de sua prótese. Nessa época, ele ainda caminhava com certa agilidade e ia frequentemente até as lojas de antiguidades do IX Distrito de Viena para procurar e ver alguma raridade autêntica para sua coleção. Quando chegava da rua, ria com facilidade e seus olhos transmitiam toda a tranquilidade e suavidade possíveis. Logo após minha ida para a família Freud, notei que seu trabalho era internacionalmente conhecido. As visitas de pessoas importantes eram quase semanais.

Quando comecei a ouvir rumores da possível mudança para a Inglaterra, tive certeza de que não seria excluída dessa aventura, o que me deixou feliz. No início de 1938, ainda em Viena, quando saí de casa para ir até uma confeitaria, vi a cruz suástica dependurada sobre uma loja vizinha. Entendi que a viagem estava próxima.

Quando chegamos ao endereço definitivo em Londres — 20, Maresfield Gardens —, tive o cuidado de repetir no escritório do Professor a mesma disposição de móveis e adornos que existia em sua casa de Viena. Quis trazer de sua terra uma lembrança.

Na manhã de 26 de setembro, a família Freud e inúmeros amigos e colegas se reuniram no cemitério Golders Green, onde o corpo do Professor foi cremado, atendendo a seu pedido e contrariando os ritos judaicos. A cerimônia foi extremamente emocionante. Dois amigos do Professor fizeram discursos e usaram palavras e elogios dos quais jamais me esquecerei. O Dr. Ernest Jones, que convivera com a família por mais de 30 anos, começou lembrando os colegas e amigos que, por razões políticas, não poderiam estar presentes e prestar sua última homenagem ao grande homem. Disse, também: "Aqueles que presenciaram o grau de sofrimento suportado por Freud, que atingiu níveis insuportáveis nos últimos meses, devem, neste momento, estar aliviados. Podemos dizer que, como ninguém, Freud amou a vida, e nunca teve medo da morte. Morreu cercado pelo carinho, num país que o havia recebido com mais cortesia, estima e honra do que o seu próprio. E nós? Viveremos num mundo sem Freud, um mundo sem esta personalidade vívida, sem este sorriso fascinante e bondoso; enfim, sem os comentários plenos de sabedoria e mordacidade sobre as pequenas e grandes coisas da vida. Nunca encontrei alguém que amasse tanto a verdade e que odiasse tanto o engodo, a ambiguidade e o equívoco. Deixa a vida um grande espírito. Se pudermos dizer que alguém venceu a morte, que está vivo entre nós, este homem é Freud."

Essas palavras emocionaram a todos. Em seguida, sob uma chuva fina e fria, fez um discurso o professor Stefan Zweig. Lembro-me, também, de algumas de suas palavras: "Freud não nos abandonou, não estamos no fim, trata-se de apenas uma suave passagem da mortalidade para a imortalidade. Costumes, Educação, Filosofia, Poesia, Pintura e Psicologia, todas as formas de criação do espírito e do diálogo entre as almas, há duas ou três gerações, foram enriquecidas e mudadas por ele; mesmo aqueles que nada sabem de sua obra, ou se defendem contra ela, são cativos do desejo de seu espírito criativo. Aqui está ele, dentro de um tempo vaidoso e esquecido, o mais bravo caçador de verdades, para o qual nada no mundo contava mais do que o absoluto, o eternamente válido. Ele ousou e ousou, sempre sozinho, e, mais uma vez, ousou pisar onde ninguém antes tinha pisado; deu-nos o exemplo valente de lutar na eterna guerra da humanidade pela busca do conhecimento. Freud conseguiu a consonância profunda de dois sons: a rigidez do espírito e a bondade do coração. No fim de sua vida, obteve a harmonia mais perfeita: uma sabedoria pura, clara, uma sabedoria de outono. Agradeço pelos mundos que descortinou e que agora atravessaremos sozinhos e sem liderança, sempre lembrando de você, fielmente e com veneração; você, o mais precioso amigo, o mais amado dos mestres: Sigmund Freud."

Foram realizados os rituais de cremação e, pouco a pouco, as pessoas se afastaram em silêncio.

Eu imaginava minha entrada naquela casa, que guardava uma lembrança nítida do Professor: o odor impregnado de seus charutos. No dia seguinte, entrei em seu escritório para cuidar e limpar cada objeto e cada livro. E ele não estava mais ali.

***

Os jornais londrinos noticiaram em suas edições do dia 25 de setembro o falecimento do Professor. *The Guardian* dedicou quase uma página ao criador da teoria psicanalítica. Depois de mencionar seu exílio, disse que as pesquisas de Freud tornaram os sonhos, os esquecimentos e os lapsos uma matéria de investigação científica. Afirmou, ainda, que Freud seria conhecido como o homem que forçou os seres humanos, os pensadores e cientistas a levarem os sonhos em consideração.

Além disso, que seus trabalhos influíram em muitas áreas do conhecimento e extrapolaram o campo médico, e que produziram uma grande quantidade de pesquisas que vão desde a Sociologia até a Literatura. O jornal *The Times* fez uma curta referência: "Anunciamos com tristeza a morte do Professor Sigmund Freud, M.D., criador da ciência psicanalítica, que abandonou Viena após a invasão da Áustria pelos alemães e pelo terror nazista."

***

Dois dias após a cremação, pela manhã, estava como sempre na cozinha quando ouvi os passos lentos e cuidadosos de Anna descendo a escada e indo em direção à porta da casa. Fui ao seu encontro e vi que sua expressão facial era triste e grave. Carregava consigo uma sacola grande de couro. Perguntei-lhe aonde ia, e ela me respondeu: "Ao crematório". Abriu a sacola e me mostrou o vaso negro com desenhos muito bem feitos de figuras humanas. Disse que aquele vaso tinha sido um presente da Princesa Marie Bonaparte, uma antiguidade greco-romana utilizada para armazenamento de mel ou vinho.

Anna completou: "Quando ganhou o presente, ele disse à Princesa que era algo tão precioso que deveria levá-lo até a sepultura". Disse ainda: "Vou até o crematório assistir à colocação das cinzas neste vaso, onde vão permanecer; e gostaria que os restos mortais de meu pai fossem visitados por muitas gerações". Quando perguntei se desejava minha companhia, me respondeu que preferia ir sozinha e não conversar com ninguém. Saiu, cabisbaixa, e lentamente se dirigiu à estação de metrô que a levaria ao cemitério. De repente, voltou e me disse que optou por tomar um táxi.

Mais tarde, me procurou para relatar que ao chegar ao

Golders Green, procurou o encarregado do crematório. Disse--lhe que era Anna Freud, filha do Professor Sigmund Freud, que havia sido cremado dias antes, e desejava algumas informações. O encarregado se mostrou disponível e informou-lhe que as cinzas estavam prontas. Conduziu-a até uma sala onde estava o forno usado para a cremação. Ao lado, ficava um armário com muitos frascos de plástico branco, cheios

de cinzas. Esses frascos mediam aproximadamente 30 centímetros de altura e eram arredondados. Com certa cerimônia, apontou um deles, indicando que era aquele. O encarregado explicou que, após a cremação, as cinzas eram submetidas a um processo de homogeneização e pulverizadas juntamente com aqueles ossos maiores, tais como os dos quadris. A temperatura do forno atingia aproximadamente 900 graus centígrados. Quanto ao peso final, considerando-se o estado fragilizado do Professor, seus restos mortais estavam reduzidos a aproximadamente três quilos. Disse, ainda, que as visitas eventuais seriam sempre acompanhadas por um funcionário do crematório, pois desde que as sapatilhas da bailarina russa Anna Pavlova haviam sido furtadas, essa prática tinha sido adotada pela direção do cemitério. Anna completou seu relato me dizendo que lhe entregou o vaso que levava abraçado contra o peito; pediu que mudasse as cinzas de lugar e, em seguida, colocasse o vaso no local reservado pela família.

As cinzas do Professor permaneceram lá, no columbário Ernest George. Muitas gerações irão visitar os restos mortais do meu querido Professor. Quando passei pelo vestíbulo da casa, pude recolher os jornais e dezenas de cartas de condolências. As manchetes de seus jornais favoritos noticiavam que, naquele dia 27 de setembro de 1939, os nazistas tinham invadido Varsóvia. O terror estava apenas começando.

ÁLBUM DE FAMÍLIA

*Sigmund, aos 8 anos de idade, com seu pai
Jacob Freud em 1864*

Freud com seus filhos Ernst e Martin. e em 1916

Freud e sua mãe, Amalie

Martha Freud, née Bernays

*Freud com seus netos,
filhos de Sophie*

*Freud e Jofi, uma de suas cadelas chow-chow, precursora de Lün, em
seu escritório em Viena*

Este livro foi elaborado a partir de documentos discutidos pelos principais biógrafos de Freud. O relato, porém, é ficcional e de inteira responsabilidade do autor.

Os leitores poderão sentir-se tentados a distinguir os acontecimentos "verdadeiros" daqueles criados pelo autor. Antecipo que esse propósito poderá ser irrealizável. O autor acredita que a própria concepção de fatos na teoria psicanalítica está sujeita a interpretações variadas, e apresenta ambiguidades. Cabe, ainda, lembrar que o próprio Freud, em carta a Fliess, disse: "[no] conhecimento seguro não há indicações de realidade no inconsciente, de modo que não se pode distinguir entre a verdade e a ficção que foram catexizadas pelo afeto."

Escrito de novembro de 2005 a julho de 2007, em Belo Horizonte.

Esta obra foi composta em Minion 11/14.
Impressa com miolo em off-set 75g e capa em cartão 250g,
por Createspace/ Amazon.

www.ingramcontent.com/pod-product-compliance
Lightning Source LLC
Chambersburg PA
CBHW071317130626
46556CB00004B/1640